COGINIO CARTREF ENA

COGINIO CARTREF ENA

ENA THOMAS

Lluniau gan:
Mair, Ffotograffiaeth a Dylunio Over the Moon,
Abertawe

HUGHES

Argraffiad cyntaf: Chwefror 1999

ISBN 0 85284 240 6

Dymuna'r cyhoeddwr gydnabod cymorth adrannau
Cyngor Llyfrau Cymru.

Cysodwyd ac argraffwyd yng Nghymru gan:
Gwasg Dinefwr, Heol Rawlings,
Llandybïe, Sir Gaerfyrddin SA18 3YD

Cyhoeddwyd gan Hughes a'i Fab,
S4C Rhyngwladol, 50 Lambourne Crescent,
Parc Busnes Caerdydd,
Llanisien, Caerdydd CF4 5WJ

CYNNWYS

Rhagair 7

Tablau Mesur 8

CYRSIAU CYNTAF
Cawl Ena 10
Pâté Afocado 11
Tomatos wedi'u Stwffio 12
Caws Pob Cymreig Moethus 13
Mousse Cranc a Samwn 14
Salad Poeth o Datws, Cig Moch a Thomatos 15
Pâté Caws Cymreig a Pherlysiau 16
Teisennau Pysgod Sbeislyd 17
Cawl Pwmpen 18
Cawl Celeriac ac Afal 19

SWPERAU
Cig Moch Cymreig 22
Ffriad Cyw Iâr gyda Saws Tomato a Rhosmari 23
Cig Oen Cymreig mewn Saws Pupur, Chilli a Garlleg 24
Tynerlwyn (*Tenderloin*) Porc Pinafal Sbeislyd 25
Cawl Pupur gyda Iogwrt Organig a Bara Soda 26
Tagine Cyw Iâr a Reis 28
Parseli Samwn wedi'i Fygu 29
Tatws Pob Hufennog â Chaws 30
Tortilla Afal 31
Tarten Cocos, Bara Lawr a Chennin 32

PRYDAU LLYSIEUOL
Wyau Pob â Llysiau 34
Salad Tatws Newydd ac Asbaragws 35
Dail Bresych wedi'u Stwffio 36
Pastai Llysiau Sawrus 37
Salad Groegaidd Gwledig 38
Lasagne Llysieuol gyda Chennin a Chorbys 39
Teisennau Tatws, Caws a Bresych 40

PYSGOD A BWYD MÔR
Brithyll Padell Moc Morgan 42
Penfras Pob wedi'i Stwffio 43
Corgimychiaid (*Prawns*) mewn Saws Tomato Sbeislyd 45
Ffriad Samwn gyda Sglodion Tatws Pob 46
Stecen Benfras gyda Iogwrt 47
Samwn Padell gyda Saws Gwin Gwyn 48
Parseli Ffilo Cocos a Bara Lawr 49
Cregyn Gleision (*Mussels*) gyda Chennin a Saws Gwin Gwyn 50
Cranc yn ei Gragen 51
Sewin Pob wedi'i Stwffio 52

DOFEDNOD A HELGIG (*Poultry and Game*)
Cyw Iâr Sbeislyd gyda Saws Oren a Grawnwin 54
Brestiau Hwyaden gyda Saws Afal a Mêl Cymreig 55
Cyw Iâr Lemwn Sbeislyd 56
Colomen Frwysiedig (*Braised Pigeon*) 57
Cwningen mewn Saws Menyn a Gwin 58
Cyw Iâr mewn Saws Hufen a Seidr 59
Ffiled Cig Estrys (*Ostrich*) Organig mewn Saws Gwin 60
Rholiau Twrci Unigol 61

CIG
Pastai Cig Eidion a Llysiau gyda Thopin Tatws a Celeriac 64
Coes Cig Oen Cymreig wedi'i Stwffio gyda Rhosmari 66
Terrine Porc, Cyw Iâr a Bricyll (*Apricots*) 67
Porc Padell gydag Eirin (Plwms) 68
Ffiled Cig Eidion *Welsh Black* gyda Saws Madarch, Garlleg a Hufen 69
Selsig Caerfyrddin a Saws Bara Lawr 70
Salad Wy a Chig Moch gyda *Croûtons* 71
Ffiled Cig Eidion Cymreig wedi'i Stwffio 72
Ffagots Ena 73
Golwython Cig Oen Cymreig wedi'u Stwffio 74

ACHLYSURON ARBENNIG
Wystrys mewn Saws Champagne 76
Pâté Cig Carw (*Venison*) a Saws Cumberland 77
Cyrri Thai Gwyrdd 78
Samwn Arbennig 79
Ffiled Cig Oen Cymreig mewn Crwst Pwff 80
Caserol Cig Eidion a Thwmplenni 81
Sbwng Hawdd a Chyflym 82
Teisennau'r Groglith 83
Briwdda (*Mincemeat*) 84
Teisen Briwdda 85

MELYSION
Bara Brith Syltanas a Chnau Ffrengig (*Walnuts*) 88
Tarten Afal a Rhesins 89
Tartennau *Meringue* Lemwn gyda Saws Siocled 90
Pwdin Mafon ac Almwn 91
Pwdin Siocled a Bricyll (*Apricots*) 92
Teisen Iogwrt Organig 93
Teisen Frau (*Shortbread*) Ddi-Lwten Lemwn a Menyn 94
Treiffl Hawdd a Chyflym 95
Pwdin Taffi Gludiog 96

CYDNABYDDIAETHAU

Hoffwn ddiolch i'r bobl canlynol am eu cymorth wrth baratoi'r llyfr hwn: Geoff Thomas am ei gefnogaeth a'i sgiliau cyfrifiadur; Eleri Huws am ei llygad golygyddol; criw Gwasg Dinefwr a Luned Whelan am ei gofal am y llyfr a'i pharodrwydd i drio'r ryseitiau!

RHAGAIR

Mae gen i ddiddordeb mewn coginio er pan oeddwn i'n ferch fach, a rwy wedi gweld newid mawr dros y blynyddoedd. Mae'r datblygiadau diweddaraf yn y diwydiant bwyd yng Nghymru wedi bod yn syfrdanol, a deilliodd y syniad am y llyfr hwn o'r nifer helaeth o gynhwysion Cymreig o safon uchel sydd ar gael bellach. Rwy wedi defnyddio llawer ohonynt ar **Heno**.

Ar un adeg, cennin, bara brith a chwrw oedd yn bennaf gysylltiedig â Chymru. Mae hyn wedi newid gyda dyfodiad cawsiau, gwinoedd, cig, pysgod a bwyd môr Cymreig sydd wedi sefydlu enw da iddynt eu hunain yn y farchnad ryngwladol.

Roedd Ffair Fwyd Llangollen, a sefydlwyd yn 1998, yn achlysur delfrydol i ddangos amrywiaeth y cynnyrch a datblygiad y diwydiant bwyd. Roedd cig estrys organig yno, cynhyrchwyr caws oedd yn cyflenwi'r archfarchnadoedd, mêl a'i gynnyrch iachus a mwstard cartref, i enwi ond ychydig. Pob clod i bawb oedd yno.

Mae'r ryseitiau yn y llyfr hwn wedi'u seilio gan fwyaf ar gynhwysion Cymreig. Os nad ydw i'n crybwyll unrhyw gynhwysyn penodol, yr her i chi ydy dod o hyd i fersiwn Cymreig o un o'r cynhwysion yn y rysáit! Mae ryseitiau hefyd o wledydd pell megis Groeg a Moroco, ac mae hyn yn dangos ein hyder mewn cynnyrch Cymreig wrth dderbyn dylanwadau o dramor.

Gobeithio y gallwch chi flasu Cymru ble bynnag y byddwch yn defnyddio'r llyfr hwn, a mwynhau ei bwydydd yn y dyfodol.

Iechyd da!

ENA

TABLAU MESUR

Mesuriadau bras yw'r rhain, mor agos â phosib at y maint cywir. Fe ddylech chi wneud rheol i chi'ch hunan i beidio â chymysgu pwysau metrig â phwysau traddodiadol mewn unrhyw rysáit – defnyddiwch y naill neu'r llall.

MAINT

⅛ modfedd	3mm
¼ modfedd	5mm
½ modfedd	1.2cm
1 fodfedd	2.5cm
1¼ modfedd	3cm
1½ modfedd	4cm
1¾ modfedd	4.5cm
2 fodfedd	5cm
2½ modfedd	6cm
3 modfedd	7.5cm
3½ modfedd	9cm
4 modfedd	10cm
5 modfedd	13cm
5½ modfedd	13.5cm
6 modfedd	15cm
6½ modfedd	16cm
7 modfedd	18cm
7½ modfedd	19cm
8 modfedd	20cm
9 modfedd	23cm
9½ modfedd	24cm
10 modfedd	25.5cm
11 modfedd	28cm
12 modfedd	30cm

CYFAINT *(VOLUME)*

2 owns hylif	55ml
3 owns hylif	75ml
5 owns hylif (¼ peint)	150ml
½ peint	275ml
¾ peint	425ml
1 peint	570ml
1½ peint	725ml
1¾ peint	1 litr
2 beint	1.1 litr
2½ peint	1.4 litr
4 peint	2.25 litr

PWYSAU

½ owns	10g
¾ owns	15g
1 owns	25g
1½ owns	40g
2 owns	50g
2½ owns	65g
3 owns	75g
4 owns	110g
4½ owns	125g
5 owns	150g
6 owns	175g
7 owns	200g
8 owns	225g
9 owns	250g
10 owns	275g
12 owns	350g
1 pwys	450g
1½ pwys	700g
2 bwys	900g
3 phwys	1.35kg

TYMHEREDD

140C	275F	Nwy 1
150C	300F	Nwy 2
170C	325F	Nwy 3
180C	350F	Nwy 4
190C	375F	Nwy 5
200C	400F	Nwy 6
220C	425F	Nwy 7
230C	450F	Nwy 8
240C	475F	Nwy 9

CYRSIAU CYNTAF

Mae rhywbeth i bawb yn y bennod hon – p'un ai a ydych chi'n hoffi cig, pysgod, bwyd llysieuol neu gawl. Mae'n gwbl addas mai fy rysáit i am gawl ydy'r un gyntaf yn y llyfr sy'n seiliedig ar gynhwysion Cymreig – mwynhewch!

CAWL ENA

Mae cawl yn un o'r bwydydd Cymreig mwyaf adnabyddus, ac mae'r rysáit yn amrywio o un teulu i'r llall. Mae'n dipyn iachach nag oedd e flynydd-oedd yn ôl, pan oedd braster yn arnofio ar ei wyneb! Gallwch baratoi fersiwn llysieuol o'r rysáit hon trwy gyfnewid y cig am gorbys (pulses) *wedi'u mwydo.*

Cynhwysion
900g/2 bwys o goes las (*shin*) cig eidion
450g/1 pwys o datws wedi'u torri'n fras
350g/12 owns o foron wedi'u torri'n fras
350g/12 owns o bannas wedi'u torri'n fras
2 winwnsyn wedi'u torri'n fras
450g/1 pwys o gennin wedi'u golchi'n drwyadl a'u torri'n fras
bwnsiad da o bersli wedi'i falu
halen a phupur

Dull
- Rhowch y cig mewn sosban fawr gyda'r winwns. Gorchuddiwch â dŵr, dewch â nhw i'r berw, rhowch glawr ar y sosban a'i fudferwi am 2 awr.
- Gadewch dros nos i oeri'n llwyr, yna tynnwch unrhyw fraster sydd wedi dod i'r wyneb. Dodwch y cig ar blât.
- Ychwanegwch y llysiau at y stoc, dewch â nhw i'r berw a mudferwch am tua ½ awr.
- Ychwanegwch y cennin a choginiwch am 5 munud arall.
- Ychwanegwch y persli a'r sesnad (*seasoning*). Torrwch y cig yn ddarnau bras, ychwanegwch at y llysiau a thwymwch yn drwyadl cyn gweini.

PÂTÉ AFOCADO

Mae'r rysáit hon yn hawdd ac yn gyflym iawn i'w pharatoi. Mae'n rhoi tipyn o gic i afocado, sy'n gallu bod yn ddi-flas weithiau. Rwy wrth fy modd gyda'r pâté *yma, rhaid i fi gyfaddef! Mae'n ddelfrydol fel byrbryd cyflym neu gwrs cyntaf.*

Cynhwysion
2 afocado canolig
2 glof o arlleg
225g/8 owns o gaws hufen Cymreig
2-3 diferyn o saws Tabasco
sudd 1 lemwn
pupur du wedi'i falu

Dull

- Torrwch yr afocado yn eu hanner ar eu hyd, tynnwch y cerrig a thynnu'r ffrwyth allan o'r cregyn.
- Rhowch yr afocado, y garlleg, y caws hufen, y saws Tabasco, y sudd lemwn ac ychydig o bupur du mewn prosesydd bwyd a phroseswch am 2-3 munud nes ei fod yn llyfn. Os ydy'ch prosesydd yn fach, gwnewch ei hanner ar y tro a chymysgwch y cyfan yn dda.
- I weini: llenwch y cregyn afocado gyda'r *pâté,* neu ei weini mewn dysglau *ramekin* bach. Addurnwch â lemwn a gweinwch gyda bara crystiog neu dost Melba.
- Nodyn: mae'n haws i brosesu'r gymysgedd os yw'r caws wedi meddalu ychydig.

TOMATOS WEDI'U STWFFIO

Mae tomatos ar gael trwy gydol y flwyddyn erbyn hyn, ac maent yn ddefnyddiol tu hwnt ond, yn fy marn i, maen nhw ar eu gorau yn eu tymor. Mae hon yn saig wych ar gyfer llysieuwyr a bwytawyr cig fel ei gilydd.

Cynhwysion
4 tomato mawr
1 goes o seleri
1 afal bach coch
110g/4 owns o gyw iâr neu ham wedi'i goginio, neu gaws
bwnsiad bach o gennin syfi (*chives*)
ychydig o bersli wedi'i falu
1 clof o arlleg wedi'i falu
110g/4 owns o mayonnaise
halen a phupur

Dull

- Torrwch sleisen oddi ar bob tomato lle mae'r coesyn.
- Tynnwch yr hadau allan o'r tomatos, a gosodwch y tomatos wyneb i waered ar blât i ddraenio.
- Torrwch y seleri'n fân, tynnwch gnewyllyn yr afal a thorrwch e'n fân.
- Torrwch y cyw iâr neu'r ham neu'r caws yn ddarnau mân.
- Cymysgwch yr holl gynhwysion ac ychwanegwch halen a phupur yn ôl eich dant. Gosodwch y gymysgedd yn y cregyn tomato a rhowch y cloriau ar eu pen.
- Gweinwch gyda salad gwyrdd ffres.

CAWS POB CYMREIG MOETHUS

Dyma un o fy hoff fyrbrydau, ac mae mor hawdd i'w baratoi. Os ydych yn cadw llygad ar eich pwysau, defnyddiwch gaws a hufen isel mewn braster.

Cynhwysion
150ml/¼ peint o hufen dwbl
175g/6 owns o gaws Cheddar Cymreig cryf wedi'i ratio
½ llwy de o paprica
1 llwy de o fwstard
4 tafell o dost
halen a phupur

Dull
- Rhowch yr hufen a'r caws wedi'i ratio mewn sosban drom a dewch â nhw i'r berw'n araf. Dylai'r gymysgedd dewhau'n llyfn.
- Ychwanegwch y paprica, y mwstard a'r halen a phupur.
- Gwasgarwch y caws pob yn drwchus ar bob tafell o dost a rhowch nhw o dan y gril i frownio.
- Gweinwch gyda thomatos wedi'u grilio a phersli.

MOUSSE CRANC A SAMWN

Mae hwn yn gwneud cwrs cyntaf syml a blasus dros ben.

Cynhwysion
225g/8 owns o gig cranc tun neu ffres
225g/8 owns o samwn tun neu ffres
4 llwy fwrdd o ddresin bwyd môr
350g/12 owns o gaws hufen
sudd a chroen 1 lemwn

Dull

- Os ydych yn defnyddio pysgod tun, draeniwch yn dda.
- Rhowch y pysgod mewn prosesydd bwyd gyda'r caws hufen, y sudd a'r croen lemwn a'r dresin.
- Proseswch am 1 funud. Os ydy'ch prosesydd yn fach, gwnewch ei hanner ar y tro a chymysgwch y cyfan yn dda.
- Gweinwch mewn dysglau *ramekin* gyda letysen wedi'i thorri'n fân, ciw-cymbr a thomato.

SALAD POETH O DATWS, CIG MOCH A THOMATOS

Dyma ddull hynod flasus o weini tatws newydd a thomatos bach.

Cynhwysion
450g/1 pwys o datws newydd bach
450g/1 pwys o domatos bach
1 llwy fwrdd o fintys a phersli wedi'u malu
110g/4 owns o gig moch wedi'i fygu
halen a phupur

Dull

- Sgwriwch y tatws i'w glanhau, rhowch nhw mewn dŵr oer, dewch â nhw i'r berw a choginiwch am ¼ awr.
- Tynnwch groen y tomatos ar ôl eu plymio mewn dŵr berw am 2-3 eiliad i wneud y gwaith yn haws.
- Torrwch y cig moch yn ddarnau bach a'i ffrio mewn ychydig o olew nes yn grimp (*crisp*).
- Ychwanegwch y cig moch, y tomatos, y mintys a'r persli at y tatws ac ychwanegwch halen a phupur yn ôl eich dant.
- Gwasgarwch bupur du dros y salad cyn gweini.

PÂTÉ CAWS CYMREIG A PHERLYSIAU

Mae sawl defnydd i'r byrbryd syml hwn: gweinwch e ar dost, mewn canapés *neu fel llenwad tatws pob.*

Cynhwysion
450g/1 pwys o gaws hufen Cymreig
sudd 1 lemwn
pinsiad o nytmeg wedi'i ratio
1 llwy fwrdd o saws rhuddygl poeth (*horseradish*)
50g/2 owns o fenyn wedi toddi
2-3 glof o arlleg wedi'u malu
1 llwy fwrdd o bersli a chennin syfi (*chives*) wedi'u malu

Dull

- Rhowch y caws, y sudd lemwn, y saws rhuddygl, y garlleg a'r menyn (wedi oeri) mewn dysgl fawr.
- Cymysgwch yn drwyadl, gan wneud yn siŵr fod y cynhwysion wedi cymysgu drwy ei gilydd.
- Leiniwch dun torth 700g/1½ pwys gyda *clingfilm*, llenwch â'r gymysgedd a llyfnwch yr wyneb â chyllell wastad.
- Gorchuddiwch â *clingfilm* a gadewch iddo sefyll dros nos yn yr oergell.

TEISENNAU PYSGOD SBEISLYD

Rysáit rwydd, ddefnyddiol iawn i famau prysur sy'n rhedeg cartref a swydd, heb lawer o amser i'w dreulio yn y gegin.

Cynhwysion
400g/14 owns o samwn neu diwna tun
110g/4 owns o hadau sesame
1 llwy de o sinsir wedi'i falu
1 llwy de o bowdwr chilli
3 sibwnsen wedi'u sleisio'n fân
450g/1 pwys o datws wedi'u stwnsio
3-4 llwy fwrdd o mayonnaise
1 llwy fwrdd o bersli wedi'i falu
olew olewydd i ffrio
halen a phupur

Dull
- Rhowch y tatws stwnsh mewn dysgl fawr.
- Ychwanegwch y sinsir, y powdwr chilli, y tiwna neu'r samwn, y sibwns, y persli a'r mayonnaise. Ychwanegwch halen a phupur yn ôl eich dant.
- Cymysgwch y cyfan yn drwyadl nes bod y cynhwysion wedi trwytho i'w gilydd. Cymerwch lond dwrn bach o'r gymysgedd ar y tro a ffurfiwch nifer o deisennau.
- Taflwch y teisennau yn yr hadau sesame. Twymwch yr olew mewn padell ffrio fawr a choginiwch y teisennau am 2-3 munud bob ochr.
- Gweinwch gyda salad neu sglodion.
- Nodyn: gallwch ddefnyddio tatws stwnsh powdwr os ydych chi'n brin o amser.

CAWL PWMPEN

Mae'r cawl hwn yn wych ar gyfer Noson Calan Gaeaf, wedi'i wneud gyda'r bwmpen oren lachar draddodiadol. Gan nad oes llawer o flas i'r bwmpen, mae angen tipyn go lew o berlysiau a sbeisys i roi blas i'r cawl.

Cynhwysion

700g-900g/1½-2 bwys o gnawd pwmpen wedi'i dorri'n fras
1 llwy fwrdd o olew olewydd
50g/2 owns o fenyn
1 winwnsyn wedi'i dorri'n fras
2 foronen wedi'u torri'n fras
2 daten wedi'u torri'n fras
2 goesyn seleri wedi'u torri'n fân
425ml/¾ peint o stoc llysiau neu gyw iâr
1 llwy de o sinsir wedi'i falu
1 llwy de o nytmeg wedi'i ratio
1 llwy de o bowdr coriander
1 llwy fwrdd o *purée* tomato
450g/1 pwys o afalau coginio wedi'u torri'n fras
1 lemwn
halen a phupur

Dull

- Twymwch yr olew a'r menyn mewn sosban fawr, ac ychwanegwch gnawd y bwmpen, y llysiau wedi'u paratoi, yr afalau a'r sbeisys.
- Coginiwch nhw dros wres isel nes bod yr afalau a chnawd y bwmpen yn feddal iawn.
- Arllwyswch y stoc a'r *purée* tomato i mewn, dewch ag e i'r berw a mudferwch am ¼ awr.
- Proseswch y cawl, addaswch y sesnad (*seasoning*) os oes angen, a chymysgwch sudd y lemwn i mewn. Twymwch y cawl drwyddo a gweinwch gyda hufen sur a bara crystiog. Addurnwch gydag ychydig o bersli.
- Nodyn: ar gyfer parti, defnyddiwch gragen wag y bwmpen fel dysgl weini!

CAWL CELERIAC AC AFAL

Mae'r cawl hwn yn hynod o flasus – rwy wrth fy modd â blas celeriac. Gallwch ei weini'n oer neu'n boeth, ac mae'n addas at ginio canol dydd neu super yn ogystal â chwrs cyntaf.

Cynhwysion
450g/1 pwys o celeriac
450g/1 pwys o afalau coginio
225g/8 owns o winwns
110g/4 owns o fenyn
1 llwy fwrdd o bersli a chennin syfi (*chives*) wedi'u malu
725ml/1½ peint o stoc llysiau neu gyw iâr
halen a phupur

Dull

- Pliciwch yr winwns, y celeriac a'r afalau yna torrwch nhw'n ddarnau mân.
- Toddwch y menyn mewn sosban fawr a ffriwch yr winwns yn ofalus am 2-3 munud.
- Ychwanegwch y celeriac a'r afalau, arllwyswch y stoc i mewn a dewch â'r cyfan i'r berw.
- Gorchuddiwch a mudferwch am ½ awr nes bod y llysiau wedi coginio.
- Proseswch y cawl nes ei fod yn llyfn. Ychwanegwch halen a phupur yn ôl eich dant.
- I weini: addurnwch â'r persli a'r cennin syfi, ac ychwanegwch ychydig o iogwrt neu hufen os dymunwch.

SWPERAU

Mae hyd yn oed pobl sy'n mwynhau coginio'n gallu mynd i rigol, yn paratoi'r un math o fwyd bob gyda'r nos. Dydy hi ddim yn hawdd, yn ein dyddiau prysur ni, i siopa, paratoi, ac yna coginio, yn enwedig os ydych chi'n gweithio. Gobeithio y dewch o hyd i ambell syniad newydd yn y bennod hon, neu hyd yn oed ysbrydoliaeth i ddatblygu'r ryseitiau yn rhywbeth unigryw i chi!

CIG MOCH CYMREIG

Sbel yn ôl, prynais i ddarn o gig moch cefn Cymreig, ac er mai gyda ham yn unig y buaswn i'n defnyddio sglein ac yn ei bobi fel arfer, daeth y syniad i fi o drio'r dull hwn gyda'r cig moch. Dyma'r canlyniad – gobeithio y gwnewch chi ei fwynhau gymaint ag y gwnes i!

Cynhwysion
1.35kg/3 phwys o gig moch cefn Cymreig
2 lwy fwrdd o fêl neu siwgr Demerara
4-5 clof
1 ddeilen lawryf (*bayleaf*)
sbrigyn o deim ffres
275ml/½ peint o sudd afal neu ddŵr
275ml/½ peint o hufen dwbl

Dull

- Os ydy'r cig moch wedi'i halltu, mwydwch dros nos.
- Tynnwch groen y cig moch, yna tynnwch res o linellau yn y braster gyda chyllell finiog.
- Rhowch y cig moch mewn tun rhostio, a naill ai arllwyswch y mêl drosto neu rhwbiwch y siwgr i mewn iddo.
- Arllwyswch y sudd afal neu'r dŵr drosto, yna ychwanegwch y clofs, y ddeilen lawryf a'r teim.
- Gorchuddiwch â ffoil a phobwch ar 200C/400F/Nwy 6 am tua ¾ awr. Tynnwch y ffoil a phobwch am ½ awr arall nes bod y cig moch yn edrych yn sgleiniog.
- I wneud saws o'r suddion: tynnwch gymaint â phosib o'r braster o'r wyneb a draeniwch y suddion i mewn i sosban. Ychwanegwch yr hufen a dewch ag e i'r berw. Mae'n barod wedyn i'w weini gyda'r cig poeth.
- Mae blas hyfryd ar y pryd hwn pan fydd y cig yn oer hefyd, wedi'i sleisio'n denau a'i weini gyda salad a thatws berw â phersli.

FFRIAD CYW IÂR GYDA SAWS TOMATO A RHOSMARI

Cynhwysion
4 brest cyw iâr
2 becyn o saws parod tomato a rhosmari
1 bwnsiad o sibwns
175g/6 owns o fadarch botwm
2 lwy fwrdd o frandi
2 lwy fwrdd o olew

Dull

- Torrwch y cyw iâr yn stribedi. Twymwch ychydig o olew mewn padell a ffriwch y cig yn gyflym am 3-4 munud.
- Torrwch y sibwns a'r madarch yn sleisiau ac ychwanegwch nhw at y cig. Coginiwch am 3-4 munud arall.
- Arllwyswch y saws a'r brandi i mewn. Dewch â'r cyfan i'r berw a mud-ferwch am 5 munud. Ychwanegwch halen a phupur yn ôl eich dant.
- Addurnwch gyda phersli wedi'i falu a gweinwch gyda reis neu *noodles*.

CIG OEN CYMREIG MEWN SAWS PUPUR, CHILLI A GARLLEG

Mae hwn yn ddull ardderchog o goginio cig oen, gyda'r fantais nad yw'n cymryd ond 20 munud i'w goginio!

Cynhwysion
1 goes fach o gig oen Cymreig
2 becyn o saws parod pupur, chilli a garlleg
1 llwy fwrdd o olew
175g/6 owns o reis grawn hir

Dull

- Tynnwch y cig oddi ar yr asgwrn. Torrwch y cig oen yn ddarnau 5cm/2" gan dynnu'r croen allanol i gyd.
- Twymwch yr olew mewn sosban fawr a ffriwch y cig yn gyflym nes ei fod wedi brownio drosto.
- Ychwanegwch y reis a'r saws, cymysgwch yn drwyadl a dewch â'r cyfan i'r berw.
- Mudferwch am 10-15 munud nes bod y reis a'r cig wedi coginio.
- Ychwanegwch halen a phupur yn ôl eich dant ac addurnwch â phersli.

TYNERLWYN (*TENDERLOIN*) PORC PINAFAL SBEISLYD

Mae porc yn syndod o isel mewn braster, yn flasus tu hwnt ac yn hawdd i'w ddefnyddio mewn amryw ddull! Dyma un ohonynt.

Cynhwysion

700g/1½ pwys o dynerlwyn porc
1 tun 425g/15 owns o ddarnau pinafal mewn sudd naturiol
½ llwy de o *cumin*
½ llwy de o coriander
½ llwy de o *turmeric*
½ llwy de o *garam massala*
2 lwy fwrdd o olew olewydd
2 glof o arlleg wedi'u malu
2 lwy fwrdd o chutney mango
1 pupur coch, heb ei hadau, wedi'i sleisio'n denau
225g/8 owns madarch botwm
1 llwy fwrdd o siwgr Demerara
persli i addurno

Dull

- Torrwch y cig yn ddarnau 5cm/2".
- Twymwch yr olew mewn padell ffrio fawr a ffriwch y porc ar wres uchel nes ei fod wedi brownio drosto.
- Ychwanegwch y garlleg a'r sbeisys at y badell a gostyngwch y gwres. Coginiwch am 2-3 munud gan droi'r gymysgedd o bryd i'w gilydd.
- Trowch y pinafal i mewn, ynghyd â'r sudd, y chutney, y madarch, y siwgr a'r pupur. Trowch yn drwyadl, dewch ag e i'r berw a mudferwch am 15-20 munud nes bod y porc wedi coginio a'r saws yn drwchus ac yn sgleiniog.
- Addurnwch â'r persli a gweinwch gyda reis, pasta neu lysiau gwyrdd.

CAWL PUPUR GYDA IOGWRT ORGANIG A BARA SODA

Mae cawl a bara cartref wedi bod yn rhan o ddiwylliant bwyd Cymru ers canrifoedd. Hyd yn oed heddiw, mae'n anodd cael pryd sy'n boddhau cystal. Mae bara soda'n ddelfrydol ar gyfer pobl sydd ag alergedd i furum, sy'n eithaf cyffredin.

Cynhwysion
3 phupur coch mawr
3 coes o seleri wedi'u malu
1 winwnsyn mawr wedi'i falu
2 glof o arlleg wedi'u malu
croen 1 lemwn
1 llwy fwrdd o deim wedi'i falu
1 llwy fwrdd o basil wedi'i falu
3 llwy fwrdd o olew olewydd
570ml/1 peint o *passata* tomato
725ml/1½ peint o stoc llysiau
halen a phupur

Bara Soda
225g/8 owns o flawd plaen
450g/1 pwys o flawd cyflawn (*wholemeal*)
1 llwy de o halen môr
1 llwy de o hufen tartar
1 llwy de o ficarbonad soda
570ml/1 peint o laeth sur neu laeth menyn

Y Dresin Iogwrt
150ml/¼ peint o iogwrt naturiol organig
ychydig o sudd lemwn
pinsiad o bupur cayenne
1 llwy de o basil a phersli wedi'u malu

Dull

- I wneud y cawl: torrwch y tri phupur yn eu hanner a thynnwch y canol a'r hadau. Brwsiwch y crwyn ag olew a griliwch am 3-4 munud. Tynnwch y crwyn a thorrwch y puprod yn fân.
- Twymwch yr olew sy'n weddill mewn sosban fawr a ffriwch yr winwns, y garlleg a'r seleri am 3-4 munud, yna ychwanegwch y puprod.
- Ychwanegwch y teim, y basil, y *passata*, y stoc a'r sesnad (*seasoning*). Trowch yn dda, dewch ag e i'r berw a mudferwch am 20 munud.
- Proseswch y cawl am 2-3 munud. Gofalwch beidio â gorlenwi'r prosesydd. Proseswch mewn dau dro os oes rhaid.
- Sicrhewch fod y sesnad yn iawn a gweinwch gyda'r iogwrt a'r bara soda.

- I wneud y dresin iogwrt: cymysgwch y cynhwysion yn drwyadl a gadewch i fwydo am ychydig oriau cyn gweini.
- I wneud y bara soda: rhowch y cynhwysion sych i gyd mewn basn mawr a chymysgwch yn drwyadl gan ddefnyddio blaenau'ch bysedd yn unig.
- Gwnewch bant yn y canol ac ychwanegwch y llaeth, gan gymysgu nes bod y toes yn gadael y basn yn lân. Tylinwch yn siâp crwn, yna gwasgwch y dorth ychydig a gwneud siâp croes ar ei phen.
- Gosodwch ar dun pobi wedi'i iro a brwsiwch gyda llaeth neu wy wedi'i guro.
- Pobwch ar 200C/400F/Nwy 6 am ½ awr. Trowch y dorth wyneb i waered a phobwch am 5 munud arall.
- Pan fydd y dorth wedi'i choginio, bydd yn swnio'n wag os tarwch hi â'ch bys.
- Gweinwch yn dwym neu'n oer, gyda'r cawl, neu i frecwast ar achlysur arbennig.

TAGINE CYW IÂR A REIS

Rysáit o Moroco yw hon, a defnyddiais i hi ar Heno *pan oeddwn i'n edrych ar goginio Affricanaidd. Crochan coginio trwm yw* tagine, *sy'n cael ei ddefnyddio i gadw blas i mewn heb adael i'r stêm ddiflannu i mewn i'r amgylchedd. Gall dysgl caserol addas i'r ffwrn wneud y tro yn iawn, felly defnyddiwch un o'r rhain os nad oes* tagine *wrth law!*

Cynhwysion
4 brest cyw iâr heb eu crwyn
1 winwnsyn mawr wedi'i dorri'n fân
2 glof o arlleg wedi'u malu
175g/6 owns o gig moch bras (*streaky*), wedi'i dorri'n fân
110g/4 owns o reis gwyllt grawn hir
400g/14 owns o domatos tun wedi'u malu
1 llwy de o paprica
1 llwy de o bowdwr *turmeric*
1 llwy de o sinsir wedi'i falu
275ml/½ peint o stoc cyw iâr
1 llwy de o halen
1 llwy fwrdd o olew olewydd
1 llwy fwrdd o bersli wedi'i falu
50g/2 owns o blu almwn (*flaked almonds*)

Dull
- Twymwch yr olew mewn *tagine* neu ddysgl caserol addas i'r ffwrn.
- Torrwch y cyw iâr yn ddarnau gweddol fychan a ffriwch nhw am 2-3 munud.
- Ychwanegwch yr winwns, y cig moch, y garlleg a'r sbeisys a choginiwch am 3-4 munud arall.
- Ychwanegwch y tomatos, y stoc, y reis a'r halen. Trowch yn drwyadl a dewch â'r cyfan i'r berw'n ara deg. Gorchuddiwch a gadewch iddo goginio am 30-40 munud.
- Addurnwch â'r persli a'r almwnau cyn ei weini.

PARSELI SAMWN WEDI'I FYGU

Cynhwysion

225g/8 owns o samwn wedi'i fygu wedi'i dorri'n sleisys tenau
4 wy
1 letysen wedi'i thorri'n fân
1 ciwcymbr wedi'i sleisio
4 cylch pinafal
bwnsiad o gennin syfi (*chives*) wedi'u torri'n fân
pupur du wedi'i falu

Dull

- Potsiwch yr wyau mewn dŵr poeth sy'n mudferwi am 5 munud nes bod y melynwy'n galed. Tynnwch yr wyau o'r dŵr a gosodwch nhw ar bapur cegin i gael gwared ar unrhyw wlybaniaeth.
- Gosodwch y samwn mewn pedwar sgwâr gyda'r ochrau'n gorlapio'i gilydd.
- Sgeintiwch â phupur du yna gosodwch wy ar ben bob sgwâr a phlygwch y samwn o gwmpas yr wy i ffurfio parsel.
- Gweinwch ar gylch pinafal, ac addurnwch â'r letys, y ciwcymbr a'r cennin syfi.

TATWS POB HUFENNOG Â CHAWS

Mae hon yn ffordd wych o wneud pryd go iawn â thatws fel prif gynhwysyn. Gweinwch gyda thomatos wedi'u grilio i ychwanegu lliw a blas.

Cynhwysion
900g/2 bwys o datws
2 glof o arlleg wedi'u malu
25g/1 owns o fenyn
225g/8 owns o gaws Cheddar Cymreig cryf wedi'i ratio
275ml/½ peint o laeth
275ml/½ peint o hufen dwbl
1 llwy fwrdd o bersli wedi'i falu
halen a phupur

Dull

- Pliciwch y tatws a sleisiwch nhw'n denau iawn.
- Defnyddiwch y menyn i iro dysgl *gratin* neu ddysgl addas i'r ffwrn 25.5cm/10" o faint.
- Gwasgarwch y garlleg dros waelod y ddysgl, yna rhowch haenen o datws ar ei ben. Ychwanegwch halen a phupur a gwasgarwch hanner y caws dros y tatws.
- Gosodwch haenen arall o datws dros y caws, a gweddill y caws ar ben y tatws.
- Dewch â'r llaeth a'r hufen i'r berw'n araf ac arllwyswch dros y cyfan.
- Pobwch ar 180C/350F/Nwy 4 am awr.
- Sgeintiwch â phersli a gweinwch yn boeth.

TORTILLA AFAL

Cynhwysion

4 wy mawr
1 winwnsyn coch mawr wedi'i sleisio'n denau
2 glof o arlleg wedi'u malu
225g/8 owns o datws wedi'u coginio a'u torri'n giwbiau
450g/1 pwys o afalau coginio heb eu canol,
  wedi'u plicio, ac wedi'u torri'n giwbiau mân
1 pupur coch neu felyn, heb ei hadau, wedi'i dorri'n fân
1 llwy fwrdd o bersli wedi'i falu
4 llwy fwrdd o hufen dwbl
110g/4 owns o gaws Cheddar Cymreig cryf wedi'i ratio
halen a phupur
olew olewydd i ffrio

Dull

- Twymwch yr olew mewn padell ffrio fawr. Ffriwch yr winwnsyn, y garlleg a'r pupur am 3-4 munud gan gadw'r crensh yn y llysiau.
- Ychwanegwch y tatws a'r afalau a ffriwch am 2-3 munud, gan droi'n drwyadl.
- Curwch yr wyau gyda'r hufen a'r sesnad (*seasoning*) yn ôl eich dant.
- Ychwanegwch y persli a hanner y caws ac arllwyswch i mewn i'r badell ffrio.
- Coginiwch dros wres isel nes i'r wy ddechrau caledu, yna gwasgarwch weddill y caws drosto a rhowch y *tortilla* o dan y gril.
- Mae'n barod pan fydd y caws wedi toddi ac yn lliw euraid.
- I weini: torrwch yn sleisiau trwchus a gweinwch gyda salad gwyrdd.

TARTEN COCOS, BARA LAWR A CHENNIN

Saig hynod o Gymreig yw hon, un berffaith ar gyfer y tymor cocos. Mae atgofion cynharaf bwyd fy mhlentyndod yn y rysáit hon – cig moch yn ffrio, cocos a bara lawr, wedi'u gweini gyda bara cartref.

Cynhwysion
450g/1 pwys o gocos wedi'u paratoi
225g/8 owns o fara lawr
2 genhinen fach wedi'u torri'n fân
225g/8 owns o gig moch Cymreig wedi'i dorri'n fân
50g/2 owns o fenyn Cymreig
2-3 llwy fwrdd o win gwyn
25g/1 owns o bersli a chennin syfi (*chives*) wedi'u torri'n fân
25g/1 owns o flawd ceirch (*oatmeal*)
450g/1 pwys o grwst pwff o ansawdd da (gallwch ei brynu neu ei wneud)
1 wy wedi'i guro
150ml/¼ peint o hufen dwbl

Dull

- Toddwch y menyn yn araf mewn padell ffrio fawr. Ffriwch y cig moch a'r cennin am 2-3 munud.
- Ychwanegwch y gwin gwyn, dewch ag e i'r berw a mudferwch am 2-3 munud i'w leihau.
- Ychwanegwch y cocos, y bara lawr, yr hufen dwbl a'r blawd ceirch. Dewch â'r cyfan i'r berw nes i'r gymysgedd dewhau. Trowch y persli a'r cennin syfi i mewn i'r gymysgedd ac ychwanegwch sesnad (*seasoning*) yn ôl eich dant.
- Rhannwch y crwst yn ei hanner a rholiwch un cylch 25.5cm/10" ac un cylch 28cm/11" allan o'r ddau hanner. Rhowch y cylch llai ar dun pobi mawr a brwsiwch yr ymylon â dŵr oer.
- Gosodwch y llenwad ar y crwst a gorchuddiwch gyda'r cylch mwy, gan wneud yn siŵr fod yr ymylon wedi'u selio'n dda. Torrwch hollt yn y crwst i ganiatáu i'r stêm ddianc.
- Brwsiwch y crwst a'r ymylon â'r wy.
- Pobwch ar 220C/425F/Nwy 7 am tua 20 munud nes bod y crwst yn euraid ac yn grimp (*crisp*).
- Nodyn: gallech chi bobi hwn ar blât addas i'r ffwrn neu ar dun fflan.

Caws Pob Cymreig Moethus (t. 13).

Teisennau Pysgod Sbeislyd (t. 17).

Cawl Pupur gyda Iogwrt Organig a Bara Soda (t. 26).

Tagine *Cyw Iâr a Reis* (t. 27).

Wyau Pob â Llysiau (t. 34).

Salad Groegaidd Gwledig (t. 38).

Corgimychiaid (Prawns) *mewn Saws Tomato Sbeislyd* (t. 44).

Parseli Ffilo Cocos a Bara Lawr (t. 49).

PRYDAU LLYSIEUOL

Rwy'n mawr obeithio erbyn hyn fod yr adeg pan oedd llysieuwyr yn cael cynnig dim ond brechdan gaws neu omlet wedi hen fynd! Dylai'r ryseitiau sy'n dilyn roi cwpl o syniadau i chi, a pheidiwch â meddwl fod yn rhaid i chi fod yn llysieuwyr i fwynhau'r prydau hyn!

WYAU POB Â LLYSIAU

Cynhwysion

1 tun 400g/14 owns o ffa menyn
450g/1 pwys o domatos heb eu crwyn wedi'u plicio (ffres neu dun)
1 winwnsyn coch wedi'i sleisio'n denau
2 glof o arlleg wedi'u malu
1 pupur gwyrdd, heb ei hadau, wedi'i sleisio
1 pupur coch, heb ei hadau, wedi'i sleisio
2 lwy fwrdd o bersli wedi'i falu
4 wy mawr
1 llwy fwrdd o olew olewydd
50g/2 owns o fenyn Cymreig
50g/2 owns o gaws Cheddar Cymreig cryf wedi'i ratio
halen a phupur du

Dull

- Twymwch y menyn a'r olew mewn sosban fawr a ffriwch yr winwnsyn, y garlleg a'r puprod am ryw 5 munud.
- Ychwanegwch y tomatos a'r ffa menyn wedi'u draenio, a digon o halen a phupur du. Mudferwch am 5 munud arall nes i'r gymysgedd dewhau. Trowch y persli i mewn iddi.
- Rhowch y gymysgedd mewn dysgl ffwrn wedi'i hiro. Gwnewch bedwar pant bas ynddi gyda chefn llwy, a thorrwch wy i mewn i bob pant.
- Gwasgarwch y caws dros y cyfan a phobwch ar 200C/400F/Nwy 6 am 15-20 munud.
- Gweinwch yn boeth gyda bara ffres ac addurnwch gyda'r persli.

SALAD TATWS NEWYDD AC ASBARAGWS

Mae tatws yn dda at gynifer o ryseitiau, ac rwy wrth fy modd â nhw. Maen nhw'n dda i ni hefyd, yn llawn ffibr a charbohydradau. Rhaid cyfaddef mai fy hoff datws i ydy'r rhai sydd ar gael rhwng mis Mai a mis Gorffennaf, pan fydd blas yn tasgu mas ohonyn nhw! Mae'n anodd dod o hyd i datws gwell na rhai o sir Benfro, Bro Gŵyr, neu'ch gardd gefn!

Cynhwysion

450g/1 pwys o datws newydd Penfro
450g/1 pwys o flaenau asbaragws
1 winwnsyn coch wedi'i sleisio'n denau
450g/1 pwys o domatos bach wedi'u haneru
2 lwy fwrdd o bersli a chennin syfi (*chives*) wedi'u malu
1 bwnsiad o sibwns wedi'u sleisio'n denau

Y Dresin

4 llwy fwrdd o olew olewydd
1 llwy fwrdd o fwstard
1 llwy fwrdd o finegr gwin
1 clof o arlleg wedi'i falu
1 chilli coch bach wedi'i falu

Dull

- Golchwch a sgwriwch y tatws a'u torri'n bedwar chwarter. Rhowch nhw mewn sosban fawr, gorchuddiwch nhw â dŵr a'u berwi nhw am ¼ awr. Draeniwch nhw a'u rhoi mewn dysgl fawr.
- Stemiwch yr asbaragws neu rhowch ef yn y ffwrn feicrodon am 5 munud.
- Pan fydd y tatws wedi oeri, ychwanegwch y sibwns, yr winwnsyn, y tomatos, yr asbaragws a'r perlysiau at y tatws yn y ddysgl.
- I wneud y dresin: rhowch y cynhwysion mewn jar wag, lân a'u hysgwyd yn egnïol.
- Arllwyswch y dresin dros y llysiau a thaflwch y cyfan drwy'i gilydd cyn gweini.
- Gweinwch gyda'ch dewis chi o: steciau tiwna, golwython cig oen, ciwbiau caws, stêc wedi'i grilio neu ffiledi samwn.

DAIL BRESYCH WEDI'U STWFFIO

Mae bresych yn boblogaidd iawn gyda ni'r Cymry – a da hynny, gan eu bod yn llawn fitamin C. Anghofiwch am ferwi bresych – unwaith y byddwch chi wedi eu coginio yn y dull hwn, ewch chi ddim yn ôl!

Cynhwysion
12 deilen fresych mawr
150ml/¼ peint o stoc llysiau

Y Stwffin
110g/4 owns o *purée* castanwydd (*chestnut*)
1 winwnsyn bach wedi'i dorri'n fân
1 clof o arlleg wedi'i falu
1 llwy fwrdd o bersli wedi'i falu
110g/4 owns o fadarch wedi'u torri'n fân
1 llwy de o paprica
50g/2 owns o friwsion bara ffres
2 goes o seleri wedi'u torri'n fân
175g/6 owns o gnau Ffrengig (*walnuts*) wedi'u malu
50g/2 owns o fenyn
2 lwy fwrdd o frandi
halen a phupur

Dull
- Mewn sosban fawr, toddwch y menyn a ffriwch yr winwnsyn, y seleri, y madarch a'r garlleg am 2-3 munud.
- Cymysgwch y *purée*, y briwsion bara, y persli, y cnau Ffrengig a'r brandi i mewn ac ychwanegwch halen a phupur yn ôl eich dant.
- I baratoi'r dail bresych: plymiwch nhw mewn dŵr berw am 1-2 funud, yna torrwch y cefn caled allan o bob deilen.
- Llenwch pob deilen â'r stwffin a gosodwch nhw – ag ochr y plygiad yn wynebu at i lawr – mewn dysgl ffwrn wedi'i hiro.
- Arllwyswch y stoc drostynt, gorchuddiwch a phobwch ar 180C/350F/Nwy 4 am 15-20 munud.
- Addurnwch gyda sleisiau lemwn a dail mintys.

PASTAI LLYSIAU SAWRUS

Mae'r bastai hon yn ddelfrydol ar gyfer llysieuwyr, ond rhaid cyfaddef fy mod i'n dwlu arni hefyd, hyd yn oed heb gig! Mae crensh y llysiau yn eu saws gwyn blasus yn cyfuno'n hyfryd â'r crwst caws – mae'n ddigon i dynnu dŵr o'r dannedd!

Cynhwysion

2 winwnsyn mawr
2 foronen
2 daten fawr
3 cenhinen
225g/8 owns o frocoli
2 glof o arlleg wedi'u malu
50g/2 owns o fenyn
50g/2 owns o flawd plaen
1 llwy de o berlysiau cymysg
halen a phupur

Y Crwst

110g/4 owns o flawd plaen cryf
110g/4 owns o flawd codi
110g/4 owns o fenyn
50g/2 owns o gaws Cheddar Cymreig wedi'i ratio
1 llwy fwrdd o bersli wedi'i falu

Dull

- I wneud y llenwad: glanhewch a thorrwch y llysiau'n fras; sleisiwch y cennin a thorrwch y brocoli'n flodau bach.
- Rhowch yr winwns, y moron a'r tatws mewn sosban fawr, gorchuddiwch â dŵr oer a dewch â nhw i'r berw. Mudferwch am ¼ awr, ychwanegwch y cennin a'r brocoli a choginiwch am 5 munud arall.
- Curwch y menyn a'r blawd gyda'i gilydd ac ychwanegwch nhw at y dŵr a'r llysiau'n raddol. Bydd hwn yn tewhau i wneud saws hyfryd.
- Ychwanegwch y sesnad (*seasoning*) a'r perlysiau. Arllwyswch y cyfan mewn i ddysgl bastai fawr a gadewch iddo oeri.
- I wneud y crwst: rhowch y blawd mewn basn mawr a rhwbiwch y menyn i mewn nes ei fod yn debyg i friwsion bara.
- Ychwanegwch y caws a'r persli. Cymysgwch gydag ychydig o ddŵr oer i wneud toes cryf ond meddal.
- Rholiwch y toes allan a'i osod dros y llysiau yn y ddysgl.
- Brwsiwch ag wy wedi'i guro a phobwch ar 200C/400F/Nwy 6 am ¼ awr nes bod y crwst yn euraid.

SALAD GROEGAIDD GWLEDIG

Mae coginio Groegaidd yn debyg iawn i'r bwydydd a geir yn y gwledydd eraill o gwmpas y Môr Canoldir. Mae perlysiau'n cael defnydd helaeth, yn enwedig oregano a basil. Mae olifau ac olew olewydd yn hanfodol hefyd. Tra oeddwn i ar fy ngwyliau yng Ngroeg, mwynheais eu dewis o salad yn fawr iawn.

Cynhwysion
3 thomato mawr wedi'u sleisio
2 lwy fwrdd o olew olewydd
1 llwy fwrdd o sudd lemwn
1 clof o arlleg wedi'i falu
50g/2 owns o olifau duon heb eu cerrig
50g/2 owns o olifau gwyrdd heb eu cerrig
110g/4 owns o gaws *feta* wedi'i dorri'n giwbiau
1 pupur coch, heb ei hadau, wedi'i sleisio
1 letysen cos wedi'i golchi a'i sychu
1 jar fach o *pepperonata*
halen a phupur du wedi'i falu
dail oregano ffres

Dull

- I wneud y dresin: chwisgiwch y sudd lemwn, yr olew olewydd, yr halen, y pupur a'r garlleg gyda'i gilydd neu cymysgwch mewn prosesydd bwyd.
- Torrwch y letysen yn stribedi a'i rhannu rhwng pedwar plât bychan. Gosodwch y sleisiau tomatos a phupur coch, y *pepperonata* a'r olifau gwyrdd a du ar ben y letys.
- Gosodwch y ciwbiau caws *feta* yng nghanol pob salad. Arllwyswch y dresin dros bob un yn ofalus.
- Nodyn: puprod bach mewn dŵr hallt ydy *pepperonata*. Gallwch eu prynu mewn jariau neu boteli o siopau delicatessen neu unrhyw archfarchnad fawr.

LASAGNE LLYSIEUOL GYDA CHENNIN A CHORBYS

Mae lasagne yn ffefryn gen i, yn enwedig pan fydd digon o saws ynddo, a hwnnw'n flasus!

Cynhwysion

450g/1 pwys o lasagne ffres
450g/1 pwys o gennin wedi'u torri'n fân
450g/1 pwys o foron wedi'u torri'n fras
225g/8 owns o fadarch wedi'u sleisio
2 glof o arlleg wedi'u malu
450g/1 pwys o domatos wedi'u torri'n fân
110g/4 owns o gorbys (*lentils*) coch
110g/4 owns o gaws Cheddar Cymreig wedi'i ratio
1 gwydraid o win gwyn
1 llwy fwrdd o saws *shogu*
1 llwy de o oregano a marjoram
1 llwy fwrdd o olew olewydd

Y Saws

570ml/1 peint o laeth
50g/2 owns o fenyn Cymreig
50g/2 owns o flawd plaen
halen a phupur

Dull

- Twymwch yr olew mewn sosban fawr a ffriwch y cennin, y moron, y madarch a'r garlleg am 3-4 munud.
- Ychwanegwch y corbys, y tomatos, y perlysiau a'r saws *shogu*. Gorchuddiwch a choginiwch am 5 munud arall, yna ychwanegwch y gwin a'r sesnad (*seasoning*) yn ôl eich dant.
- I wneud y saws gwyn: rhowch y cynhwysion i gyd mewn sosban a dewch â nhw i'r berw'n araf gan droi drwy'r adeg nes bod gennych saws llyfn, hyfryd. Ychwanegwch halen a phupur.
- I goginio'r lasagne: coginiwch am 5 munud mewn sosbenaid o ddŵr berw gydag ychydig o olew olewydd ynddo. Gosodwch ar liain llestri i ddraenio.
- I roi'r cyfan at ei gilydd: irwch ddysgl ffwrn 1.1 litr/2 beint gydag ychydig o olew. Rhowch lenwad fel haenen waelod, rhowch haenen o lasagne ar ei ben ac yna haenen o saws. Gwnewch hyn nes bod y ddysgl yn llawn, gan orffen gyda haenen o saws.
- Gwasgarwch y caws wedi'i ratio dros y saws a phobwch ar 180C/350F/ Nwy 4 am 20-30 munud.
- Nodyn: os yn defnyddio lasagne sych, bydd 225g/8 owns yn hen ddigon. Nid oes angen ei goginio gyntaf.

TEISENNAU TATWS, CAWS A BRESYCH

Mae'r rysáit hon yn ffordd glyfar a blasus o gael plant i fwyta bresych! Gallech chi hefyd wneud teisennau llai o faint i'w cynnwys mewn bwffe.

Cynhwysion
900g/2 bwys o datws
1 fresychen Savoy fach
225g/8 owns o gaws Cheddar Cymreig cryf wedi'i ratio
½ llwy de o nytmeg wedi'i ratio
110g/4 owns o fenyn
150ml/¼ peint o hufen dwbl neu iogwrt naturiol
110g/4 owns o flawd ceirch (*oatmeal*)
4 llwy fwrdd o olew olewydd
halen a phupur i flasu

Dull

- Sgwriwch y tatws i'w glanhau, torrwch nhw yn eu hanner a'u rhoi mewn sosban. Gorchuddiwch â dŵr, dewch â nhw i'r berw a'u coginio am ¼ awr nes eu bod wedi coginio. Draeniwch nhw a'u stwnsio'n dda.
- Ychwanegwch y caws, y menyn, yr hufen neu'r iogwrt, yr halen a'r pupur at y tatws a chymysgwch nhw'n dda.
- Tynnwch unrhyw ddail gwael oddi ar y fresychen, torrwch yn ei hanner a thynnu'r canol caled. Torrwch yn stribedi mân, rhowch mewn colander a stemiwch dros ddŵr berw am 2-3 munud.
- Ychwanegwch y bresych at y tatws a'u cymysgu'n drwyadl.
- Rhannwch yn wyth a'u siapio'n deisennau crwn. Taflwch nhw yn y blawd ceirch.
- Twymwch yr olew mewn padell ffrio fawr a ffriwch y teisennau am 2-3 munud bob ochr nes eu bod yn euraid.
- I weini: addurnwch â phersli a gweinwch gyda salad neu lysiau tymhorol.

PYSGOD A BWYD MÔR

Am ein bod ni yng Nghymru'n ddigon ffodus i fod â dŵr o'n hamgylch ar dair ochr, mae gyda ni ddewis eang o bysgod a bwyd môr. O'r bwyd bob dydd i'r egsotig, bob tro y prynwch chi rywbeth o'r môr gallwch wneud pryd blasus i bawb, hyd yn oed pobl sy'n meddwl nad ydyn nhw'n hoffi cynnyrch dŵr hallt. Byddwch yn anturus – triwch rywbeth gwahanol!

BRITHYLL PADELL MOC MORGAN

Mae'r rysáit hon wedi ei henwi ar ôl Moc Morgan, arbenigwr pysgota Heno. *Pam hynny? Wel, sbel yn ôl, roedd y criw allan ar leoliad yn Aberteifi, a daeth Moc â brithyllen ffres ata i a'm herio i'w choginio yn y fan a'r lle! Dyma oedd y canlyniad. Mae cynhyrchwyr brithyll yng Nghymru wedi ffurfio Cymdeithas Brithyll Cymru i sicrhau fod y galw am y pysgodyn hwn yn cael ei gyflenwi wrth i fwy o archfarchnadoedd ei werthu. Mae mor braf i gael brithyll Cymraeg ffres o safon uchel drwy'r flwyddyn erbyn hyn.*

Cynhwysion
2 frithyllen 350g/12 owns, wedi'u glanhau a'u paratoi
1 llwy fwrdd o olew olewydd
25g/1 owns o fenyn Cymreig
pupur du wedi'i falu

Y Saws
2 lwy fwrdd o olew olewydd
1 pupur coch, heb ei hadau, wedi'i sleisio'n denau
1 pupur gwyrdd, heb ei hadau, wedi'i sleisio'n denau
2 glof o arlleg wedi'u malu
1 chilli coch, heb ei hadau, wedi'i sleisio'n denau
1 winwnsyn coch wedi'i sleisio'n denau
croen a sudd 1 lemwn
2 lwy fwrdd o saws pysgod Thai
150ml/¼ peint o win gwyn
1 llwy fwrdd o bersli a coriander wedi'u malu

Dull
- Twymwch yr olew a'r menyn mewn padell ffrio fawr a ffriwch y pysgod am tua 4 munud bob ochr. Tynnwch o'r badell a chadwch yn dwym.
- Twymwch ragor o olew yn y badell a choginiwch yr winwns, y puprod, y garlleg a'r chilli am 2-3 munud heb golli'r crensh.
- Ychwanegwch y saws pysgod a'r gwin, dewch ag e i'r berw a mudferwch am 2-3 munud.
- Ychwanegwch groen a sudd y lemwn, a sesnad (*seasoning*) yn ôl eich dant.
- I weini: gosodwch y pysgod ar ddau blât twym ac arllwyswch y saws drostynt.
- Addurnwch â'r persli a'r coriander.

PENFRAS POB WEDI'I STWFFIO

Mae pysgod yn dda i ni yn ogystal â bod yn flasus iawn. Mae amrywiaeth enfawr o bysgod cnawd gwyn ar gael, a rwy wedi defnyddio penfras (cod) *yn yr achos yma, sy'n hawdd i'w dreulio. Gallech chi ddefnyddio'ch hoff bysgodyn hefyd, e.e. corbenfras* (halibut) *neu gegddu* (hake).

Cynhwysion
900g/2 bwys o ffiled penfras heb y croen, wedi'i dorri'n 4 darn
croen 2 lemwn
1 gwydraid o win gwyn
110g/4 owns o friwsion bara gwyn
2 glof o arlleg wedi'u malu
2 lwy fwrdd o bersli wedi'i falu
1 llwy fwrdd o deim ffres wedi'i falu
75g/3 owns o fenyn Cymreig, wedi'i doddi
225g/8 owns o ham Caerfyrddin
2 sialót wedi'u torri'n fân
halen a phupur

Y Saws
570ml/1 peint o 'Frito' tomato (tomatos heb eu hadau gyda winwns a garlleg)
1 pupur coch, heb ei hadau, wedi'i dorri'n giwbiau mân
1 pupur melyn, heb ei hadau, wedi'i dorri'n giwbiau mân
1 pupur oren, heb ei hadau, wedi'i dorri'n giwbiau mân
1 winwnsyn coch wedi'i dorri'n fân
2 lwy fwrdd o olew olewydd

Dull
- I baratoi'r stwffin: cymysgwch y briwsion bara, y garlleg, y sialót, y persli, y teim, y sesnad (*seasoning*) a chroen y lemwn at ei gilydd a chlymwch â'r menyn wedi'i doddi.
- Gosodwch ddwy ffiled o'r penfras ag ochr y croen ar i lawr ar forden. Rhannwch y stwffin rhwng y ddwy ffiled, yna gosodwch y ddwy ffiled arall ar ben y stwffin.
- Lapiwch yr ham o gwmpas pob parsel pysgodyn, gan wneud yn siŵr fod y pysgod wedi'u gorchuddio'n llwyr. Clymwch â llinyn mewn 2-3 man neu defnyddiwch *skewers* tenau.

- Rhowch y pysgod ar dun pobi, arllwyswch y gwin i mewn, gorchuddiwch â ffoil a choginiwch ar 200C/400F/Nwy 6 am 20 munud.
- I wneud y saws: twymwch yr olew mewn sosban a ffriwch y puprod a'r winwnsyn yn araf am 2-3 munud heb golli'u hansawdd. Ychwanegwch y 'Frito' tomato ac unrhyw hylif sydd dros ben o'r pysgod a dewch ag e i'r berw.
- Gweinwch y saws gyda'r penfras ac addurnwch â'r croen lemwn a'r teim.

CORGIMYCHIAID (*PRAWNS*) MEWN SAWS TOMATO SBEISLYD

Cynhwysion
225g/8 owns o gorgimychiaid teigr mawr
175g/6 owns o sialóts wedi'u torri'n fân
2 glof o arlleg wedi'u malu
50g/2 owns o gig moch wedi'i fygu
1 tun 400g/14 owns o domatos wedi'u torri'n fân
150ml/¼ peint o win gwyn sych
sudd 1 lemwn
ychydig ddiferion o saws Tabasco
150ml/¼ peint o 'Frito' tomato
2 lwy de o siwgr caster
2 lwy fwrdd o basil wedi'i falu
halen a phupur

Dull

- Twymwch badell *non-stick* a ffriwch y sialóts a'r cig moch yn araf.
- Ychwanegwch y garlleg, y tomatos, y 'Frito', y gwin, y saws Tabasco a'r siwgr. Dewch ag e i'r berw a mudferwch am 2-3 munud.
- Ychwanegwch y sudd lemwn a throwch y corgimychiaid wedi'u coginio i mewn. Os ydych chi wedi prynu corgimychiaid amrwd, arllwyswch ddŵr berwedig drostyn nhw a byddant yn barod pan fydd y lliw llwyd wedi troi'n binc.
- Trowch y basil i mewn a thwymwch y cyfan yn drwyadl.

FFRIAD SAMWN GYDA SGLODION TATWS POB

Pan oeddwn yn blentyn, fy hoff beth oedd cael pysgod a sglodion ar nos Sadwrn. Heddiw, wrth dorri i lawr ar y braster rydyn ni'n ei fwyta, dyma fersiwn iachach o'r hen ffefryn hwnnw.

Cynhwysion

400g/14 owns o samwn, ffres neu dun
2 glof o arlleg wedi'u malu
110g/4 owns o India corn bach (*baby sweetcorn*)
wedi'u torri yn eu hanner ar eu hyd
4 sibwnsen wedi'u sleisio
1 pupur coch, heb ei hadau, wedi'i sleisio
110g/4 owns o *mangetout*
110g/4 owns madarch botwm
110g/4 owns o egin ffa (*beansprouts*)
sudd a chroen 1 oren
1 llwy fwrdd o olew olewydd
1 llwy de o sinsir wedi'i falu
1 llwy fwrdd o saws soy
1 llwy fwrdd o *purée* tomato
4 taten fawr wedi'u coginio yn y ffwrn feicrodon am 8 munud
2 lwy de o flawd India corn (*cornflour*)

Dull

- Twymwch yr olew mewn *wok* neu badell ffrio fawr, a choginiwch y sinsir, y saws soy a'r garlleg yn gyflym am 1 funud.
- Trowch yr India corn bach, y pupur, y madarch a'r *mangetout* i mewn a choginiwch am 3-4 munud gan droi ar hyd yr adeg.
- Ychwanegwch y sibwns a'r egin ffa a ffriwch am 2-3 munud.
- Cymysgwch y blawd India corn i mewn i sudd yr oren, wedyn ychwanegwch y *purée* tomato. Arllwyswch i'r badell a throwch yr hylif drwy'r llysiau.
- Pluwch y samwn yn ofalus (draeniwch os ydych yn defnyddio samwn tun; griliwch ac oerwch fel arall) a throwch i mewn i'r llysiau gyda chroen yr oren.
- Twymwch badell gril neu badell *non-stick* a thwymo 2-3 llwyaid o olew olewydd ysgafn ynddi. Torrwch y tatws pob yn sglodion a ffriwch nhw'n gyflym yn yr olew. Draeniwch ar bapur cegin, ychwanegwch sesnad (*seasoning*) ac ychwanegwch nhw'n ofalus at y samwn a'r llysiau.
- Addurnwch â digon o bersli neu gennin syfi (*chives*).

STECEN BENFRAS GYDA IOGWRT

Cynhwysion
4 stecen benfras 175g/6 owns yr un
110g/4 owns o friwsion bara gwyn
1 llwy fwrdd o bersli a chennin syfi (*chives*) wedi'u malu
2 sialót wedi'u sleisio
25g/1 owns o fenyn
425 ml/¾ peint o iogwrt organig Groegaidd
ychydig o halen

Dull

- Rhowch y steciau penfras mewn dysgl addas i'r ffwrn.
- I wneud y topin: toddwch y menyn mewn sosban a ffriwch y sialóts yn araf. Ychwanegwch y briwsion bara a'r perlysiau.
- Gwasgarwch y topin dros y pysgod, arllwyswch yr iogwrt i mewn a phobwch ar 180C/350F/Nwy 4 am tua ¼ awr nes bod y topin yn euraid a'r pysgod yn pluo'n rhwydd.
- Gweinwch gyda moron mewn menyn a thatws stwnsh â garlleg.

SAMWN PADELL GYDA SAWS GWIN GWYN

Cynhwysion
700g/1½ pwys o ffiled samwn
1 llwy fwrdd o olew olewydd
25g/1 owns o fenyn

Y Saws
1 tomato mawr heb ei groen a'i hadau
1 winwnsyn bach coch wedi'i dorri'n fân
1 llwy fwrdd o gennin syfi (*chives*) ffres wedi'u malu
25g/1 owns o fenyn
275ml/½ peint o win gwyn
275ml/½ peint o stoc pysgod
200ml/6 owns hylif o hufen dwbl
1 llwy de o siwgr caster
pupur du ffres wedi'i falu
sleisiau lemwn a berw'r dŵr (*watercress*) i addurno

Dull

- I wneud y saws: toddwch y menyn mewn sosban, ychwanegwch yr winwnsyn a choginiwch am 2-3 munud heb ei frownio.
- Ychwanegwch y gwin a'r stoc a berwch yn gyflym i'w leihau o dri-chwarter.
- Arllwyswch yr hufen i mewn a berwch nes bod y saws yn glynu at gefn llwy. Ychwanegwch y tomato, y siwgr a'r cennin syfi (*chives*) a chadwch yn dwym.
- I grilio'r samwn: toddwch y menyn a'r olew mewn padell gril. Rhowch y samwn yn y badell ag ochr y cnawd i lawr a choginiwch am 2-3 munud.
- Gan ddefnyddio cyllell wastad, trowch y samwn drosodd a'i goginio am funud arall.
- Gweinwch y samwn ar blataid o datws stwnsh â mintys, ac arllwyswch y saws o'i gwmpas.
- Addurnwch y saig â'r sleisiau lemwn a'r berw'r dŵr a sgeintiwch â phupur du.
- Nodyn: gallech chi wneud hwn gyda phenfras, gorbenfras, cegddu neu frithyll hyd yn oed.

PARSELI FFILO COCOS A BARA LAWR

Mae'r parseli bach yma'n ddelfrydol ar gyfer bwffe neu fel cwrs cyntaf. Mae modd prynu crwst ffilo mewn siopau bwyd da.

Cynhwysion
8 dalen o grwst ffilo
225g/8 owns o gocos wedi'u paratoi
225g/8 owns o fara lawr
1 genhinen fach wedi'i thorri'n fân
2 lwy fwrdd o iogwrt Groegaidd naturiol
50g/2 owns o fenyn wedi'i doddi
halen a phupur i flasu

Dull
- Rhannwch pob dalen ffilo'n bedwar, brwsiwch y menyn dros bob dalen a gosodwch nhw ar ben ei gilydd.
- Cymysgwch y cocos, y bara lawr, y genhinen, yr iogwrt a'r halen a phupur at ei gilydd.
- Rhannwch y gymysgedd rhwng yr wyth parsel crwst sgwâr. Tynnwch y pedwar cornel at ei gilydd a phinsiwch i wneud parsel bach. Brwsiwch y menyn sy'n weddill drostynt.
- Rhowch nhw ar dun pobi a'u coginio ar 200C/400F/Nwy 6 am 10-15 munud.
- I weini: dau barsel i bob person gydag addurn o'ch dewis.

CREGYN GLEISION (*MUSSELS*) GYDA CHENNIN A SAWS GWIN GWYN

Mae'n rhaid dod i arfer â bwyta cregyn gleision, sydd mor niferus o gwmpas arfordir Cymru. Dylid eu bwyta mor ffres â phosibl. Sgwriwch nhw'n dda cyn eu coginio. Mae rhai pobl yn bwyta'r farf, sef y cylch gwydn o gwmpas y gragen, ond gallwch dynnu'r rhain â fforc cyn eu bwyta. Taflwch unrhyw gregyn nad ydynt yn agor pan fyddwch yn eu taro'n ysgafn.

Cynhwysion

900g/2 bwys o gregyn gleision
450g/1 pwys o gennin wedi'u torri'n fân
150ml/¼ peint o ddŵr
150ml/¼ peint o win gwyn
50g/2 owns o fenyn meddal
150ml/¼ peint o hufen dwbl
25g/1 owns o flawd plaen
persli wedi'i falu
pupur du wedi'i falu

Dull

- Rhowch y cennin mewn sosban. Ychwanegwch y cregyn gleision wedi'u glanhau ac wedyn y gwin a'r dŵr. Coginiwch dros wres uchel am 3-4 munud, gan ysgwyd y sosban nes bod y cregyn wedi agor. Draeniwch y cregyn gleision mewn rhidyll.
- Arllwyswch yr hylif yn ôl i mewn i'r sosban gyda'r cennin. Cymysgwch y blawd a'r menyn gyda'i gilydd. Chwisgiwch hwn yn raddol i mewn i'r hylif.
- Dewch ag e i'r berw, ychwanegwch yr hufen a berwch am 1-2 funud.
- Ychwanegwch sesnad (*seasoning*) yn ôl eich dant, ac yna'r persli. Ychwanegwch y cregyn gleision at y saws.
- Gweinwch mewn dysglau cawl gyda bara crystiog.

CRANC YN EI GRAGEN

Tymor crancod ydy mis Mai tan fis Medi. Mae crancod da yn drwm am eu maint, a'u crafangau sy'n cynnwys y rhan fwyaf o'r cig gwyn. Dylai cranc 900g/2 bwys fod yn ddigon ar gyfer pedwar o bobl. Fel arfer, gallwch brynu cranc parod (dressed), *ond os ydych yn prynu un byw, berwch e'n araf mewn dŵr hallt, ¼ awr am bob 450g/1 pwys. Gadewch iddo oeri yn yr hylif cyn ei dynnu allan.*

I baratoi cranc

- Tynnwch y crafangau mawr a'u gosod o'r neilltu. Trowch y crafangau bach i'w tynnu, ac ar yr un pryd tynnwch gorff y cranc allan a'i osod o'r neilltu.
- Tynnwch allan a thaflwch y rhannau canlynol: y sach fechan sy'n gorffwys ym mhen uchaf y gragen fawr; unrhyw sylwedd gwyrdd yn y gragen fawr; y bysedd sbwng neu'r ysgyfaint yn y gragen fawr.
- Gan ddefnyddio picsen cranc, tynnwch y cig allan, sef y darnau brown hufennog sy'n gorwedd ar hyd ochrau'r gragen fawr.
- Daliwch y gragen yn dynn a thorrwch yr ochrau. Golchwch a sychwch y gragen yn drylwyr.
- Torrwch gorff y cranc yn ddau a thynnwch y cig gwyn allan ohono, gan ddefnyddio picsen cranc neu *skewer*, a'i roi mewn dysgl.
- Craciwch y crafangau mawr a thynnu'r holl gig allan. Rhowch y cig gwyn ar un ochr.
- Hufennwch y cig brown ac ychwanegwch halen a phupur a mwstard. Os ydy'r gymysgedd yn sych, ychwanegwch 1 llwy fwrdd o hufen. Gosodwch y cig brown ar draws canol y gragen a'r cig gwyn bob ochr.
- Wrth weini cranc yn oer, addurnwch ag wyau wedi'u berwi'n galed a'u gwasgu drwy ridyll, a phersli.
- Gosodwch y gragen yng nghanol plât gweini, gyda dail letys o'i chwmpas a'i haddurno â'r crafangau.
- Gweinwch gyda saws tartare neu mayonnaise garlleg, a bara neu dost brown – godidog!

SEWIN POB WEDI'I STWFFIO

Dyma un o bysgod gorau Cymru, aelod o deulu'r brithyll â blas delicet, hyfryd iddo. Flynyddoedd yn ôl, pan oedd ein hafonydd ni'n lân, roedd fy Wncl Willie o Felindre'n arfer pysgota trwy'r nos. Anghofiai am yr amser yn aml iawn, ac roedd yn rhaid iddo redeg adref nerth ei draed i roi popeth roedd e wedi'i ddala i Anti Getta a'i frodyr. Yna bant â fe i shifft gynnar yn Graig Ola Merthyr, Pontarddulais! Byddai'r pysgodyn yn cael ei ffrio neu ei botsio i ginio yr un diwrnod. Gallwch chi botsio, grilio, ffrio neu stwffio a phobi sewin, yn dibynnu ar ei faint.

Cynhwysion
sewin cyfan 900g/2 bwys
50g/2 owns o fenyn

Y Saws
150ml/¼ peint o hufen sur
neu hufen dwbl
1 llwy de o siwgr caster
croen a sudd 1 lemwn
halen a phupur

Y Stwffin
50g/2 owns o fenyn
3 sialót wedi'u torri'n fân
110g/4 owns o fadarch wedi'u torri'n fân
1 llwy fwrdd o bersli wedi'i falu
1 llwy fwrdd o ddil wedi'i falu
75g/3 owns o friwsion bara gwyn

Dull
- Gofynnwch i'ch gwerthwr pysgod dynnu asgwrn y pysgodyn gan adael y pen a'r gynffon arno.
- I wneud y stwffin: toddwch y menyn mewn sosban a ffriwch y sialóts a'r madarch am 2-3 munud. Ychwanegwch y briwsion bara, y persli a'r dil a chymysgwch yn drwyadl.
- Rhowch y stwffin i mewn yn y pysgodyn a'i osod mewn dysgl bobi wedi'i hiro â menyn.
- Arllwyswch ychydig o fenyn wedi'i doddi dros y pysgodyn a choginiwch ar 180C/350F/Nwy 4 am 25-30 munud. Gallwch hefyd ei goginio mewn ffoil a chasglu'r suddion.
- I wneud y saws: rhowch yr holl gynhwysion ac unrhyw suddion o'r pysgodyn mewn sosban a thwymwch drwyddo *heb* ei ferwi.
- Gosodwch y sewin ar blât gweini, arllwyswch y saws drosto ac addurnwch â lemwn a phersli.

DOFEDNOD A HELGIG

(*POULTRY AND GAME*)

Mae yna fwy a mwy o gynhyrchwyr organig yng Nghymru'n magu adar o bob math. Mae llawer ohonyn nhw, fel ffesant, ar eu gorau yn ystod eu tymor naturiol, ond mae eraill ar gael trwy gydol y flwyddyn, a gallant addurno'ch bwrdd unrhyw adeg. Efallai yr hoffech chi arbrofi dros y Nadolig hefyd.

CYW IÂR SBEISLYD GYDA SAWS OREN A GRAWNWIN

Os ydych chi'n trio colli pwysau neu fwyta'n iach, gall bwyta fynd yn ddiflas weithiau. Ychwanegu lliw a sbeis yw'r ffordd i ddod dros hyn – bydd hwn wrth fodd y teulu i gyd!

Cynhwysion

4 brest cyw iâr heb eu crwyn
175g/6 owns o sialóts wedi'u torri'n fân
175g/6 owns o rawnwin gwyrdd di-had
2 oren wedi'u rhannu'n sleisiau
2 lwy fwrdd o olew olewydd
2 glof o arlleg wedi'u malu
1 llwy de o bowdr coriander
1 llwy de o bowdr turmeric
275ml/½ peint o stoc cyw iâr
150ml/¼ peint o iogwrt organig naturiol
halen a phupur i flasu

Dull

- Twymwch yr olew mewn sosban fawr, a choginiwch y darnau cyw iâr nes eu bod wedi brownio ar y ddwy ochr.
- Rhowch y cyw iâr ar blât a ffriwch y sialóts, y garlleg a'r sbeisys am 2-3 munud.
- Rhowch y cig yn ôl yn y sosban ac arllwyswch y stoc drosto. Dewch ag e i'r berw, gorchuddiwch a mudferwch am ¼ awr nes ei fod yn barod.
- Ychwanegwch y grawnwin, y darnau oren a'r iogwrt a thwymwch drwyddo'n araf. Blaswch ac addaswch y sesnad (*seasoning*).
- Gweinwch gyda reis gwyllt wedi'i goginio a brocoli wedi'i stemio.

BRESTIAU HWYADEN GYDA SAWS AFAL A MÊL CYMREIG

Mae hon yn saig hyfryd ar gyfer swper – rwy'n credu fod hwyaden wedi ei gweini fel hyn yn gwneud gymaint gwell pryd na choginio hwyaden gyfan.

Cynhwysion
4 ffiled brest hwyaden
3 llwy fwrdd o fêl Cymreig clir
225g/8 owns o eirin (plwms) coch heb eu cerrig
150ml/¼ peint o win
150ml/¼ peint o sudd afal
halen a phupur

Dull

- Tynnwch linellau yng nghroen yr hwyaden â chyllell finiog. Rhwbiwch halen a phupur ar y croen.
- Twymwch badell wrthwres (*heatproof*) drom. Rhowch y cig yn y badell dros wres canolig, gydag ochr y croen i lawr.
- Coginiwch am 7-8 munud, trowch yr hwyaden a choginiwch am 3-4 munud eto. Dylai'r hwyaden fod yn binc, ond os ydych chi'n ei hoffi'n dywyllach, coginiwch am ragor o amser.
- Rhowch yr hwyaden ar blât a chadwch yn dwym.
- I wneud y saws: arllwyswch y braster o'r badell. Ychwanegwch y gwin, y mêl, y sudd afal a'r eirin a dewch ag e i'r berw i'w leihau ychydig.
- Addurnwch â berw'r dŵr (*watercress*) a gweinwch gyda ffriad llysiau a chiwbiau tatws wedi'u ffrio mewn olew a menyn.

CYW IÂR LEMWN SBEISLYD

Cynhwysion

700g/1½ pwys o ddarnau cyw iâr
sudd 4 lemwn
8 clof o arlleg
2 chilli coch bach wedi'u malu'n fân
1 llwy fwrdd o fêl Cymreig
2 lwy fwrdd o bast cyrri Thai
4 llwy fwrdd o bersli wedi'i falu
halen a phupur

Dull

- Rhowch y darnau cyw iâr mewn tun rhostio mawr bas.
- Rhowch y sudd lemwn mewn basn, ac ychwanegwch y chillis, y garlleg, y past cyrri a'r mêl a phroseswch nes ei fod yn llyfn.
- Arllwyswch y sudd dros y cig a gadewch i'r cyfan fwydo am 2 awr, gan droi'r gymysgedd unwaith neu ddwy.
- Coginiwch ar 200C/400F/Nwy 6 am 30-40 munud nes ei fod yn euraid.
- Nodyn: mae'r rysáit hon yn fendigedig ar farbeciw, yn enwedig gan eich bod yn gallu ei pharatoi ymlaen llaw ac addasu'r amser coginio yn ôl tymheredd y barbeciw.

COLOMEN FRWYSIEDIG (*BRAISED PIGEON*)

Mae colomennod yn gallu bod yn sych, felly brwysio ydy'r ffordd orau i'w coginio nhw. Dewiswch golomennod coed ifanc, a ddylai goginio mewn tua 1½ awr.

Cynhwysion

4 colomen goed ifanc parod-i'r-ffwrn
2 lwy fwrdd o olew olewydd
225g/8 owns o foron wedi'u torri'n fras
225g/8 owns o seleri wedi'u torri'n fras
225g/8 owns o sialóts wedi'u glanhau'n gyfan
6 darn o gig moch bras (*streaky*) wedi'u torri'n fras
725ml/1½ peint o stoc cyw iâr
275ml/½ peint o win gwyn sych
bwnsiad mawr o bersli a theim
halen a phupur

Dull

- Golchwch y colomennod mewn dŵr oer a sychwch nhw.
- Rhowch bersli a theim i mewn ym mhob un a chlymwch y coesau.
- Twymwch yr olew mewn sosban fawr a ffriwch y colomennod i'w selio drostynt. Gosodwch nhw mewn dysgl caserol fawr.
- Ffriwch y cig moch, y seleri a'r sialóts am 2-3 munud yna rhowch nhw yn y ddysgl caserol gyda'r moron a'r sesnad (*seasoning*).
- Arllwyswch y gwin a'r stoc i mewn i'r sosban i gasglu'r suddion hyfryd, dewch ag e i'r berw ac ychwanegwch yr hylif at y ddysgl caserol. Gorchuddiwch a choginiwch ar 180C/350F/Nwy 4 am tua 1½ awr.
- Os oes angen, gallwch dewhau'r hylif gydag ychydig o flawd India corn (*cornflour*) a dŵr.
- Gweinwch o'r caserol ac addurnwch â digon o bersli.

CWNINGEN MEWN SAWS MENYN A GWIN

Cynhwysion
1 gwningen gyfan wedi'i glanhau a'i thorri'n ddarnau bras
50g/2 owns o fenyn
1 llwy fwrdd o olew olewydd
450g/1 pwys o winwns botwm
225g/8 owns o fadarch botwm
275ml/½ peint o win gwyn
150ml/¼ peint o *crème fraîche*
2 lwy fwrdd o bersli wedi'i falu
halen a phupur

Dull

- Twymwch y menyn a'r olew mewn padell ffrio fawr a ffriwch y darnau cwningen nes eu bod yn frown ar y ddwy ochr. Ychwanegwch y madarch a'r winwns.
- Ychwanegwch y gwin, gorchuddiwch a mudferwch am 15-20 munud nes bod y cig wedi'i goginio.
- Rhowch y gwningen ar blât gweini. Ychwanegwch y *crème fraîche* at y saws a thwymwch nes iddo gymysgu. Arllwyswch dros y gwningen.
- Addurnwch â phersli a gweinwch gyda'ch hoff lysiau.

CYW IÂR MEWN SAWS HUFEN A SEIDR

Cynhwysion
4 brest cyw iâr
225g/8 owns o winwns botwm wedi'u torri'n fân
2 chilli coch bach wedi'u torri'n fân
1 llwy de o fwstard
2 glof o arlleg wedi'u malu
225g/8 owns o gig moch wedi'i fygu, wedi'i dorri'n fras
225g/8 owns o fadarch botwm wedi'u sleisio
2 lwy fwrdd o olew olewydd
50g/2 owns o fenyn
150ml/¼ peint o seidr sych
150ml/¼ peint o stoc cyw iâr
150ml/¼ peint o hufen dwbl neu *crème fraîche*
halen a phupur du

Dull

- Twymwch yr olew a'r menyn mewn sosban a ffriwch y cyw iâr nes ei fod wedi brownio ar y ddwy ochr, yna rhowch e ar blât.
- Yn yr un sosban, ffriwch y cig moch, y mwstard, y garlleg, y chillis a'r winwns nes bod y cig moch yn grimp (*crisp*).
- Ychwanegwch y madarch, y stoc a'r seidr a dewch ag e i'r berw.
- Rhowch y cig yn ôl yn y sosban a choginiwch am ¼ awr eto. Ychwanegwch halen a phupur yn ôl eich dant ac ychwanegwch yr hufen neu'r *crème fraîche.*
- Gweinwch gyda phuprod wedi'u grilio, winwns coch a sleisiau o afal.

FFILED CIG ESTRYS (*OSTRICH*) ORGANIG MEWN SAWS GWIN

Mae yna sawl fferm estrys yng Nghymru erbyn hyn, a nifer ohonynt yn magu adar organig. Ychydig iawn o fraster sydd yn y cig, ac mae yr un mor hawdd i'w baratoi â chig eidion. Fel arfer, mae'n cael ei grilio, ond byddwch yn ofalus i beidio â gor-goginio'r aderyn tyner hwn. Mae sawl bwyty'n paratoi estrys, ac mae'n dod yn haws cael gafael ynddo. Rwy'n hoff iawn o'r rysáit hon.

Cynhwysion
4 stecen ffiled estrys tua 175g/6 owns yr un
2 lwy fwrdd o olew olewydd
25g/1 owns o fenyn
225g/8 owns o winwns botwm
225g/8 owns o fadarch botwm
225g/8 owns o *kumquats*
2 glof o arlleg wedi'u malu
1 pupur coch, heb ei hadau, wedi'i sleisio
1 tun 350g/12 owns o binafal yn ei sudd naturiol
570ml/1 peint o win ysgaw Cwm Deri
2 lwy fwrdd o jeli cwrens coch
1 llwy fwrdd o flawd India corn (*cornflour*)
1 llwy fwrdd o siwgr Demerara
halen a phupur

Dull

- Twymwch yr olew a'r menyn mewn padell fawr, gan wneud yn siŵr ei fod yn boeth iawn cyn rhoi'r cig i mewn. Ffriwch y cig am ryw 2 funud bob ochr i selio'r suddion. Tynnwch y steciau o'r badell a'u rhoi ar blât.
- Ffriwch y madarch, yr winwns, y garlleg a'r pupur am 2-3 munud.
- Ychwanegwch y gwin, y pinafal, y jeli cwrens coch a'r *kumquats*; dewch ag e i'r berw ac ychwanegwch halen a phupur.
- Rhowch y steciau yn y saws a mudferwch am 15-20 munud. Gallwch dewhau'r saws gyda'r blawd India corn wedi'i gymysgu â dŵr.
- Gweinwch yn boeth wedi'i addurno â phersli.

RHOLIAU TWRCI UNIGOL

Mae'r rysáit hon yn ddelfrydol ar gyfer un neu ddau berson; mae twrci cyfan yn ormod, felly mae ffiledi'n ateb da. Gallech chi ddefnyddio brestiau cyw iâr os oes ffrind yn dod i gael swper, ac mae'r gost yn rhesymol.

Cynhwysion
4 ffiled twrci
2 lwy fwrdd o olew olewydd
110g/4 owns o friwsion bara gwyn
2 sleisen o gig moch wedi'u torri'n fras
2 sialót wedi'u torri'n fân
1 llwy de o berlysiau cymysg
1 llwy fwrdd o bersli wedi'i falu
275ml/½ peint o stoc cyw iâr
1 wy bach wedi'i guro
halen a phupur
50g/2 owns o fenyn

Y Saws
150ml/¼ peint o stoc
½ cwpanaid o win coch
2 lwy fwrdd o saws llugaeron (*cranberries*)

Dull

- I wneud y stwffin: toddwch y menyn mewn sosban a ffriwch yr winwns a'r cig moch am 2-3 munud. Ychwanegwch y briwsion bara, y persli, y perlysiau cymysg, y sesnad (*seasoning*) a'r wy i glymu'r stwffin.
- Rhowch y ffiledi twrci rhwng dwy ddalen o *clingfilm*. Gan ddefnyddio pìn rholio, rholiwch y ffiledi nes eu bod yn denau.
- Rhannwch y stwffin rhwng pob ffiled, rholiwch nhw i fyny a rhoi prennau coctel ynddynt i'w dal at ei gilydd.
- Twymwch yr olew mewn padell fawr a ffriwch pob rholyn yn gyflym nes eu bod yn euraid. Rhowch nhw mewn dysgl *gratin* fawr neu ddysgl addas i'r ffwrn.
- Ychwanegwch y stoc, gorchuddiwch a choginiwch ar 180C/350F/Nwy 4 am 40-50 munud.
- Pan fyddant yn barod, rhowch y rholiau ar blât a'u cadw'n dwym.
- I wneud y saws: defnyddiwch yr hylif o'r badell goginio. Ychwanegwch gynhwysion y saws, dewch â nhw i'r berw a defnyddiwch ychydig o flawd India corn (*cornflour*) a dŵr i'w dewhau. Ychwanegwch sesnad (*seasoning*) yn ôl eich dant.
- Gweinwch yn boeth gyda'r saws a llysiau, neu sleisiwch nhw'n oer a'u gweini gyda salad.

CIG

Rydyn ni yng Nghymru'n ffodus iawn fod dewis mor eang o gigoedd o safon yn cael ei gynhyrchu gan ein ffermwyr. Er bod y diwydiant ffermio yn mynd trwy gyfnod anodd, os ydy'r cyhoedd yn ei gefnogi trwy brynu cynnyrch cartref, gallai pethau wella'n sylweddol. Cadwch olwg ar yr amrywiaeth o gigoedd organig sy'n cynyddu'n raddol, a chofiwch am eich cigydd lleol pan fyddwch yn dewis rhywbeth arbennig.

PASTAI CIG EIDION A LLYSIAU GYDA THOPIN TATWS A CELERIAC

Mae pasteiod sawrus yn boblogaidd iawn fel pryd ar gyfer teulu. Gallwch eu paratoi ymlaen llaw, a'u rhewi – maen nhw'n gyfleus tu hwnt. Cewch bryd cyfan mewn un ddysgl, yn llawn blas a maeth. Gallwch chi ddefnyddio sawl topin: crwst, tatws a phannas, croûtons *neu does sgoniau sawrus. Mae hon yn ffefryn yn ein tŷ ni.*

Cynhwysion
700g/1½ pwys o gig eidion stiwio Cymreig
50g/2 owns o flawd India corn (*cornflour*)
1 llwy fwrdd o olew olewydd
3 chlof o arlleg wedi'u malu
2 lwy fwrdd o bast tomato
275ml/½ peint o win coch
275ml/½ peint o stoc cig eidion
2 lwy fwrdd o jeli cwrens coch
1 llwy fwrdd o bupur du wedi'i falu'n fras
110g/4 owns o fadarch botwm
225g/8 owns o foron bach
sbrigyn o deim

Y Topin
900g/2 bwys o datws Cymreig
450g/1 pwys o celeriac
50g/2 owns o fenyn
2 lwy fwrdd o bersli wedi'i falu
halen a phupur

Dull

- Glanhewch y llysiau i gyd a'u torri'n fras.
- Torrwch y cig yn ddarnau 5cm/2", gan dynnu unrhyw fraster gormodol. Yna taflwch y cig yn y blawd India corn ac ychwanegwch halen a phupur.
- Twymwch yr olew mewn sosban fawr a ffriwch y cig nes ei fod yn frown drosto, i'w selio.
- Ychwanegwch yr winwns, y garlleg, y jeli cwrens coch, y past tomato a'r teim a choginiwch am 3-4 munud. Ychwanegwch y gwin a'r stoc, dewch ag e i'r berw, gostyngwch y gwres a mudferwch am ¼ awr.
- Ychwanegwch y moron a'r madarch a choginiwch am ¼ awr arall. Dylai'r saws fod yn sgleiniog a dylai lynu wrth gefn llwy. Arllwyswch y gymysgedd i ddysgl bastai ddofn.

- I wneud y topin: berwch y tatws a'r celeriac gyda'i gilydd am ¼ awr, draeniwch nhw a'u stwnsio cyn ychwanegu'r menyn, y persli a'r sesnad (*seasoning*).
- Peipiwch y tatws a'r celeriac dros y cig a choginiwch ar 200C/400F/Nwy 6 nes bod y topin yn euraid.
- Nodyn: gallech chi ddefnyddio cig oen, cyw iâr neu gig carw (*venison*) i wneud y bastai hon.

COES CIG OEN CYMRU WEDI'I STWFFIO GYDA RHOSMARI

Cynhwysion

1 goes ddi-asgwrn 1.35kg/3 phwys o gig oen Cymreig
450g/1 pwys o sialóts
1 clof o arlleg
1 llwy fwrdd o olew coginio
bwnsiad da o rosmari

Y Saws

275ml/½ peint o win coch
275ml/½ peint o stoc
2 lwy fwrdd o jeli cwrens coch
2 lwy fwrdd o jeli mintys
1 llwy fwrdd o flawd India corn (*cornflour*)
halen a phupur

Y Stwffin

110g/4 owns o winwns wedi'u torri'n fân
110g/4 owns o seleri wedi'i dorri'n fân
50g/2 owns o fricyll (*apricots*) parod-i-fwyta, wedi'u torri'n fân
50g/2 owns o gnau Ffrengig (*walnuts*) wedi'u torri'n fras
110g/4 owns o friwsion bara gwyn
2 lwy fwrdd o bersli a theim wedi'u malu
1 wy

Dull

- Yn gyntaf, gwnewch y stwffin. Toddwch y menyn mewn sosban a ffriwch yr winwns, y seleri a'r garlleg am 2-3 munud. Rhowch y rhain gyda'r briwsion bara, y persli, y teim, y bricyll a'r cnau Ffrengig. Ychwanegwch sesnad (*seasoning*) yn ôl eich dant a chlymwch y cyfan gyda'r wy.
- Rhowch y stwffin yn y cafn ble roedd asgwrn yr oen a chlymwch â llinyn.
- I baratoi'r cig oen: twymwch yr olew mewn tun rhostio a browniwch y cig yn gyflym ar y ddwy ochr. Rhowch y rhosmari o dan y cig oen a rhowch y sialóts a'r garlleg yn y tun. Sgeintiwch â halen a rhostiwch ar 200C/400F/ Nwy 6 am 1½ awr. Bastiwch y cig o bryd i'w gilydd.
- Pan fydd y cig yn binc, mae e'n barod. Rhowch y cig ar blât gweini gyda'r sialóts a chadwch yn dwym.
- I wneud y saws: arllwyswch unrhyw fraster gormodol o'r tun rhostio, gan gadw'r gwaddodion. Ychwanegwch y stoc, y gwin a'r jelis. Dewch ag e i'r berw a chymysgwch flawd India corn â dŵr i'w dewhau. Ychwanegwch halen a phupur os dymunwch, a gweinwch y cig oen gyda llysiau am wledd werth chweil!

TERRINE PORC, CYW IÂR A BRICYLL (*APRICOTS*)

Mae terrines *neu dorthau cig yn ddefnyddiol iawn i'w paratoi ymlaen llaw a'u cadw at y gwyliau. Adeg y Pasg y dyfeisiais i hwn, felly paratowch e wythnos yn gynt a gobeithio y bydd hi'n ddigon braf i gael picnic!*

Cynhwysion

450g/1 pwys o friwgig (*mince*) porc Cymreig
2 frest cyw iâr fawr wedi'u minsio
450g/1 pwys o gig moch bras (*streaky*)
110g/4 owns o fricyll (*apricots*) parod-i-fwyta wedi'u torri'n fân
75ml/3 owns hylif o frandi
50g/2 owns o fenyn
4 sialót wedi'u torri'n fân
2 lwy fwrdd o bersli wedi'i falu
1 llwy fwrdd o deim ffres wedi'i falu
2 glof o arlleg wedi'u malu
175g/6 owns o friwsion bara gwyn ffres
2 wy
1 llwy fwrdd o buprennau (*peppercorns*) tun wedi'u draenio
1 llwy de o coriander
1 llwy de o cumin
halen a phupur

Dull

- Torrwch 4 sleisen o'r cig moch yn fân a'u cymysgu gyda'r porc a'r brestiau cyw iâr.
- Toddwch y menyn mewn padell ffrio a ffriwch y sialóts a'r garlleg nes eu bod yn feddal.
- Cymysgwch gyda'r porc, y cyw iâr, y cig moch wedi'i dorri, yr winwns, y persli, y briwsion bara a'r puprennau. Ychwanegwch y brandi a'r sbeisys a chymysgwch yn drwyadl. Ychwanegwch halen a phupur.
- Leiniwch dun torth 23cm x 7.5cm/9" x 3" neu 700g/1½ pwys gyda'r cig moch sy'n weddill, gan gadw rhai sleisiau ar gyfer y top.
- Llenwch y tun â'r gymysgedd a llyfnwch y top â chyllell neu lwy. Rhowch y cig moch sy'n weddill ar ei ben a gorchuddiwch â ffoil.
- Rhowch y tun torth mewn tun pobi ag ychydig o ddŵr ynddo, a choginiwch ar 180C/350F/Nwy 4 am tua awr.
- Gweinwch yn oer mewn sleisiau trwchus gyda chutney mango, salad a thatws newydd neu salad reis.

PORC PADELL GYDAG EIRIN (PLWMS)

Dyma gyfuniad hyfryd o ffiledau porc tyner ac eirin coch llawn sudd! Mae'n arbennig o dda ar gyfer pobl brysur heb lawer o amser i goginio.

Cynhwysion

450g/1 pwys o ffiled porc Cymreig
25g/1 owns o fenyn
1 llwy fwrdd o olew olewydd
225g/8 owns o eirin coch yn eu hanner heb eu cerrig
275ml/½ peint o win coch
2 lwy fwrdd o flawd India corn (*cornflour*)
bwnsiad o sibwns wedi'u torri'n fân
1 llwy fwrdd o bersli a theim ffres wedi'u malu
2 lwy fwrdd o siwgr Demerara
ychydig ddiferion o saws Tabasco
halen a phupur

Dull

- Sleisiwch y porc yn ddarnau 1.5 cm/½" a thaflwch nhw yn y blawd India corn gyda halen a phupur i flasu.
- Twymwch yr olew a'r menyn a ffriwch y porc yn gyflym nes ei fod yn frown drosto.
- Ychwanegwch yr eirin, y gwin a'r saws Tabasco, dewch ag e i'r berw, gorchuddiwch a mudferwch am 10-15 munud.
- Ychwanegwch y sibwns a'r persli a'r teim. Ychwanegwch sesnad (*seasoning*) os oes angen.
- Gweinwch gyda llysiau gwyrdd.

FFILED CIG EIDION *WELSH BLACK* GYDA SAWS MADARCH, GARLLEG A HUFEN

Mae hon yn rysáit berffaith ar gyfer paratoi swper arbennig mewn ychydig iawn o amser. Cig eidion yw fy hoff gig, yn enwedig Welsh Black. *Does dim gwastraff gyda ffiled, felly er ei fod e'n ddrud, mae'n werth yr arian oherwydd ei flas.*

Cynhwysion
2 stecen ffiled 175g/6 owns o gig eidion *Welsh Black*
2 lwy de o saws rhuddygl poeth (*horseradish*)
1 llwy fwrdd o fintys wedi'i falu
2 lwy fwrdd o olew olewydd

Y Saws
110g/4 owns o fadarch wedi'u torri'n fân
2 glof o arlleg wedi'u malu
2 sialót wedi'u torri'n fân
275ml/½ peint o hufen dwbl
150ml/¼ peint o win gwyn
halen a phupur du wedi'i falu

Dull

- Torrwch boced yn y ddwy ffiled, yna taenwch y saws rhuddygl a'r mintys ym mhob poced.
- Twymwch yr olew olewydd mewn padell gril nes ei fod yn tasgu a choginiwch y steciau am y cyfnod priodol. Gosodwch o'r neilltu a chadwch yn dwym tra gwneir y saws.
- Yn yr un badell, ffriwch y madarch, y garlleg a'r sialóts am 2-3 munud. Arllwyswch y gwin i mewn.
- Mudferwch am 2-3 munud yna ychwanegwch yr hufen a dewch ag e i'r berw'n araf. Ychwanegwch sesnad (*seasoning*) yn ôl eich dant.
- I weini: rhowch y steciau ar blât gweini gyda thomatos wedi'u grilio a thatws stwnsh gyda celeriac. Arllwyswch y saws o'u cwmpas ac addurnwch â phersli a chennin syfi (*chives*).

SELSIG CAERFYRDDIN A SAWS BARA LAWR

Mae ham Caerfyrddin yn boblogaidd drwy Gymru, ac yn Lloegr hefyd erbyn hyn. Ham cartref hynod flasus yw e, a gallwch chi ei ddefnyddio mewn seigiau sawrus neu gyda ffrwyth. Dyma fy nghreadigaeth i – 'selsig Caerfyrddin'.

Cynhwysion
350g/12 owns o datws
225g/8 owns o bannas
225g/8 owns o celeriac
110g/4 owns o ham Caerfyrddin wedi'i dorri'n fân
2 lwy fwrdd o bersli wedi'i falu
¼ llwy de o bowdr nytmeg
1 wy bach
50g/2 owns o gaws Cheddar cryf wedi'i ratio

Saws Bara Lawr
225g/8 owns o fara lawr
275ml/½ peint o *crème fraîche* organig
2 ddiferyn o saws Tabasco

I Ffrio
225g/8 owns o friwsion bara gwyn
2 wy mawr
150ml/¼ peint o laeth
4 llwy fwrdd o olew i ffrio

Dull

- Pliciwch y llysiau a'u torri'n ddarnau mawr. Rhowch nhw mewn sosban, gorchuddiwch â dŵr oer, dewch â nhw i'r berw a mudferwch am ¼ awr nes eu bod wedi coginio.
- Draeniwch y llysiau a stwnsiwch nhw'n dda.
- Ychwanegwch yr ham, y nytmeg, y caws a'r wy wedi'i guro at y stwnsh. Cymysgwch yn drwyadl a gadewch i oeri.
- Rholiwch y gymysgedd yn selsigen hir ac yna rhannwch yn 8 selsigen llai.
- I ffrio: curwch yr wyau a'r llaeth at ei gilydd. Dipiwch pob selsigen yn y gymysgedd a thaflwch nhw yn y briwsion bara.
- Twymwch yr olew a ffriwch y selsig yn gyflym, gan eu troi wrth iddynt goginio nes eu bod yn euraid.
- Gosodwch nhw ar bapur cegin i ddraenio'r olew.
- I wneud y saws: rhowch y bara lawr a'r *crème fraîche* mewn sosban a dewch â nhw i'r berw'n araf. Defnyddiwch y saws Tabasco a halen a phupur fel sesnad (*seasoning*).
- Gweinwch ddwy selsigen i bob person gyda'r saws wedi'i arllwys o'u cwmpas.
- Nodyn: mae'n haws coginio'r selsig os ydyn nhw wedi oeri drwyddynt.

SALAD WY A CHIG MOCH GYDA *CROÛTONS*

Cynhwysion
4 wy mawr
4 sleisen o gig moch bras (*streaky*)
1 letysen *frisée*

Y Dresin
2 lwy fwrdd o olew cnau Ffrengig (*walnuts*)
1 llwy fwrdd o olew olewydd
1 llwy fwrdd o finegr gwin gwyn
1 llwy de o fwstard cyflawn Cymreig
pupur du wedi'i falu

Y Croûtons
2 sleisen drwchus o fara gwyn
50g/2 owns o fenyn hallt Cymreig

Dull

- Rhowch yr wyau mewn sosban a'u gorchuddio â dŵr oer. Dewch â nhw i'r berw a choginiwch am 10 munud. Rhedwch ddŵr oer dros yr wyau i arbed iddynt goginio rhagor. Plisgwch yr wyau a'u rhoi o'r neilltu.
- Griliwch neu ffriwch y cig moch nes ei fod yn grimp (*crisp*) ac yna torrwch e'n ddarnau gweddol fychan.
- Torrwch y crystiau oddi ar y bara a thorrwch e'n giwbiau mân. Toddwch y menyn mewn padell ffrio a ffriwch y darnau bara nes eu bod yn grimp bob ochr. Byddwch yn ofalus *iawn* i beidio â'u llosgi nhw – mae'n hawdd gwneud!
- I roi'r pryd at ei gilydd: gosodwch y dail letys ar blât gweini. Torrwch yr wyau yn eu hanner a gwasgarwch y cig moch a'r *croûtons* drostyn nhw.
- Cymysgwch holl gynhwysion y dresin at ei gilydd ac arllwyswch yn raddol dros y salad.
- Mae hwn yn dda fel byrbryd neu gwrs cyntaf.

FFILED CIG EIDION CYMREIG WEDI'I STWFFIO

Er nad yw'n hafau ni yng Nghymru bob amser yn wych, rydyn ni fel arfer yn trio dod o hyd i noson braf i gael barbeciw yn ystod y tymor gwyliau. Dyma syniad moethus sy'n dipyn mwy blasus na byrbrydau arferol fel byrgers a selsig!

Cynhwysion

4 ffiled drwchus o gig eidion Cymreig
4 sleisen o gig moch
50g/2 owns o fenyn
4 sialót wedi'u torri'n fân
50g/2 owns o fadarch wedi'u torri'n fân
1 clof o arlleg wedi'i falu
50g/2 owns o friwsion bara
croen 1 lemwn

Dull

- I wneud y stwffin: toddwch y menyn a ffrio'r sialóts yn araf.
- Ychwanegwch y madarch a'r garlleg a'u ffrio am 1-2 funud.
- Ychwanegwch y croen lemwn a'r briwsion bara a chymysgwch yn drwyadl.
- Torrwch boced yn ochr pob ffiled a llenwch â'r stwffin.
- Lapiwch sleisen o gig moch o gwmpas pob ffiled a'i gadw yn ei le gyda phrennau coctel.
- Coginiwch ar farbeciw poeth am 2-3 munud bob ochr.
- Gweinwch gyda bara crystiog a chynifer o wahanol fathau o salad ag y gallwch chi!

FFAGOTS ENA

Roedd Mam yn gwneud ffagots bob wythnos, ac roedd hi'n defnyddio ffriad y mochyn i gyd. Rwy i ddim ond yn defnyddio'r afu/iau a'r galon, ac mae'n rhaid cyfaddef mai ffagots a phys ydy un o fy hoff giniawau canol dydd i! Maen nhw hyd yn oed yn flasus yn oer!

Cynhwysion
450g/1 pwys afu/iau mochyn
350g/12 owns o galon mochyn
225g/8 owns o friwsion bara
225g/8 owns o afalau coginio heb eu canol, wedi'u plicio
2 wiñwnsyn wedi'u torri'n fras
225g/8 owns o gig moch
2 lwy de o berlysiau cymysg
ffedog mochyn
halen a phupur

Dull
- Rhowch y ffedog mewn dŵr berw i fwydo.
- Minsiwch yr afu, y galon, y cig moch, yr winwns a'r afalau.
- Rhowch y gymysgedd mewn basn mawr. Ychwanegwch y briwsion bara, y perlysiau a'r sesnad (*seasoning*).
- Cymysgwch yn drwyadl, yna defnyddiwch sgŵp hufen iâ i siapio'r ffagots a rhowch nhw'n agos at ei gilydd mewn tun pobi.
- Gorchuddiwch y ffagots yn llwyr gyda ffedog y mochyn ac arllwyswch ychydig o ddŵr dros y cyfan.
- Coginiwch ar 190C/375F/Nwy 5 am 30-40 munud.
- Gweinwch gyda thatws stwnsh, grefi a phys slwtsh neu bys gardd.

GOLWYTHON CIG OEN CYMREIG WEDI'U STWFFIO

Mae'n anodd curo cig oen Cymreig, yn dyner a blasus!

Cynhwysion
900g/2 bwys o lwyn (*loin*) cig oen Cymreig

Y Stwffin
1 winwnsyn wedi'i dorri'n fân
225g/8 owns o friwsion bara gwyn
50g/2 owns o fenyn wedi toddi, neu olew
croen 1 oren
225g/8 owns o ddarnau pinafal bras
1 llwy fwrdd o bersli wedi'i dorri'n fân
1 llwy de o deim wedi'i dorri'n fân
110g/4 owns o gig selsig porc

Y Saws
275ml/½ peint o win gwyn
150ml/¼ peint o hufen dwbl
1 llwy fwrdd o taragon wedi'i falu
halen a phupur

Dull

- Tynnwch y croen a'r asgwrn oddi ar y lwyn.
- I wneud y stwffin: rhowch yr winwnsyn a chynhwysion y stwffin i gyd mewn basn mawr a chymysgwch yn drwyadl i'w clymu at ei gilydd.
- Gosodwch y stwffin i lawr canol y lwyn a rholiwch y cig i fyny o gwmpas y stwffin. Clymwch â llinyn bob 2.5 cm/1". Torrwch olwyth rhwng pob darn o linyn.
- Ffriwch y golwython yn araf mewn olew poeth am 3 munud bob ochr. Cadwch yn dwym.
- I wneud y saws: arllwyswch unrhyw fraster gormodol allan o'r badell ffrio. Ychwanegwch y gwin, dewch ag e i'r berw a mudferwch am 2-3 munud.
- Ychwanegwch yr hufen a berwch am 1-2 funud. Ychwanegwch sesnad (*seasoning*) yn ôl eich dant ac ychwanegwch y taragon.
- Gweinwch y golwython gyda'r saws, winwns mewn menyn, a llysiau gwyrdd.

ACHLYSURON ARBENNIG

Mae'r bennod hon wedi'i chynllunio i awgrymu syniadau ar gyfer unrhyw achlysur arbennig, er enghraifft, dyweddïad, bedydd neu swper i ffrindiau agos. Mae angen gofal mawr wrth baratoi rhai o'r ryseitiau, ond mae yma rai eraill y gallwch eu paratoi mewn ychydig iawn o amser gyda bod y cynhwysion gyda chi wrth law – mae achlysuron byr-rybudd yn hwyl weithiau!

WYSTRYS MEWN SAWS CHAMPAGNE

Mae wystrys yng Nghymru yn eu tymor rhwng mis Medi a mis Ebrill. Maen nhw ar eu gorau wedi eu gweini'n oer ac yn amrwd gyda sudd lemwn, saws Tabasco a phupur du fel cwrs cyntaf. Fodd bynnag, mae'n well gan rai pobl wystrys wedi'u coginio.

Cynhwysion
16 o wystrys yn eu cregyn, wedi'u sgwrio'n dda

Y Saws
1 sialót wedi'i dorri'n fân
50g/2 owns o fenyn
150ml/¼ peint o champagne
150ml/¼ peint o stoc o'r wystrys (gweler isod)
1 llwy de o siwgr caster
150ml/¼ peint o hufen dwbl
1 llwy fwrdd o bersli wedi'i dorri'n fân

Dull

- Rhowch ddŵr berw mewn sosban fawr. Gosodwch ridyll neu stemar ar ben y sosban, rhowch yr wystrys ynddo a stemiwch am 4 munud.
- Tynnwch yr wystrys allan o'r rhidyll ac agorwch nhw, gan ofalu cadw'r suddion ar gyfer y stoc.
- Gosodwch yr wystrys ar blât gweini, addurnwch â lemwn ac arllwyswch y saws o'u cwmpas.
- I wneud y saws: toddwch y menyn mewn sosban fach a ffriwch y sialót. Ychwanegwch y champagne a stoc yr wystrys a berwch yn gyflym nes iddo leihau o dri-chwarter.
- Ychwanegwch y siwgr a'r hufen a berwch am 2-3 munud nes bod y saws yn glynu at gefn llwy. Trowch y persli i mewn ac ychwanegwch sesnad (*seasoning*) os oes angen. Arllwyswch o gwmpas yr wystrys.
- Nodyn: gallwch ddefnyddio'r saws hwn gyda samwn hefyd.

PÂTÉ CIG CARW (*VENISON*) A SAWS CUMBERLAND

Cynhwysion
450g/1 pwys o gig carw
450g/1 pwys o friwgig (*mince*) porc
1 clof mawr o arlleg wedi'i falu
1 llwy de o deim ffres
1 llwy de o *allspice*
pinsiad o bupur du wedi'i falu
3 llwy fwrdd o frandi
1 wy
sudd a chroen 1 oren
275g/10 owns o gig moch bras (*streaky*) tenau heb ei fygu

Y Saws
2 oren
1 lemwn
225g/8 owns o jeli cwrens coch
3 llwy fwrdd o win port
1 llwy bwdin o fwstard

Dull
- Minsiwch y cig carw a'r porc a'u cymysgu'n dda.
- Ychwanegwch y garlleg, y teim, yr *allspice*, y sesnad (*seasoning*), yr wy, y brandi a chroen a sudd yr oren. Cymysgwch yn drwyadl.
- Leiniwch dun torth 900g/2 bwys gyda'r cig moch a rhowch y gymysgedd ar ei ben. Gwasgwch ef i lawr â chefn llwy.
- Gorchuddiwch y *pâté* â ffoil a rhowch y tun torth mewn tun rhostio wedi'i hanner lenwi â dŵr.
- Coginiwch ar 170C/325F/Nwy 3 am 1½ awr. Gadewch i'r *pâté* oeri yn y tun cyn ei droi allan.
- Gadewch iddo oeri dros nos yn yr oergell.
- I wneud y saws: defnyddiwch bliciwr ffrwyth i ratio croen yr orenau a'r lemwn. Rhowch y croen a'r sudd mewn sosban ac ychwanegwch weddill y cynhwysion.
- Twymwch yn araf nes bod y jeli wedi toddi a'r cynhwysion yn llyfn. Mudferwch am 2-3 munud.
- I weini: torrwch y *pâté* yn sleisiau a gweinwch gyda'r saws a salad o'ch dewis.

CYRRI THAI GWYRDD

Mae'r cyrri hufennog, bendigedig hwn yn ddelfrydol ar gyfer cinio i ffrindiau, yn enwedig os ydy'ch gwesteion yn hoffi'r cyfuniad o berlysiau, chilli a sbeisys sy'n rhoi blas mor unigryw i fwyd Thailand.

Cynhwysion

4 ffiled cyw iâr heb eu croen
1 chilli coch, heb ei hadau, wedi'i dorri'n fân
1 bwnsiad o sibwns wedi'u sleisio
2.5cm/1" o wreiddyn sinsir
1 ffon o *lemon grass*
2 lwy fwrdd o olew olewydd
225g/8 owns o fadarch brown neu fadarch wystrys
1 llwy fwrdd wastad o bast cyrri gwyrdd Thai
275ml/½ peint o laeth coco
150ml/¼ peint o stoc cyw iâr
1 llwy de o saws pysgod Thai
2 lwy de o saws soy
2 lwy fwrdd o coriander wedi'i dorri'n fân
1 llwy fwrdd o chutney mango
1 clof o arlleg wedi'i falu

Dull

- Torrwch y cyw iâr yn ddarnau gweddol fychan.
- Pliciwch y sinsir a'i dorri'n fân. Torrwch y *lemon grass* yn ddarnau digon mawr i'w gwneud yn rhwydd i'w tynnu allan yn ddiweddarach.
- Twymwch yr olew mewn *wok* neu badell ffrio fawr a thro-ffriwch y cyw iâr am 2-3 munud.
- Ychwanegwch y sinsir, y madarch, y *lemon grass*, y past cyrri, y saws pysgod Thai, y saws soy a'r garlleg a choginiwch am 3 munud.
- Ychwanegwch y llaeth coco a'r stoc, dewch ag e i'r berw a mudferwch am tua 4 munud.
- Ychwanegwch y sibwns a'r chutney.
- Tynnwch y *lemon grass* allan, addurnwch â coriander a gweinwch gyda reis aromatig Thai.

SAMWN ARBENNIG

Mae samwn cyfan wedi'i baratoi yn edrych yn odidog ar fwrdd bwffe, ond gall fod yn anodd ei weini a'i drin. Pam na thriwch chi fy fersiwn i o samwn wedi'i botsio? Gofynnwch i'r gwerthwr pysgod dynnu'r pen yn gyfan gwbl, a thynnu'r asgwrn a'r croen gan adael y gynffon yn gyfan. Mae hyn yn ei wneud yn haws o lawer i'w drafod a'i weini.

Cynhwysion

1 samwn cyfan tua 1.2kg/2½ pwys
1 gwydraid o win gwyn
2 lemwn wedi'u torri'n sleisiau
sudd a chroen 1 lemwn
ciwcymbr a sleisiau lemwn i addurno

Reis Sawrus

225g/8 owns o reis grawn hir
150ml/¼ peint o iogwrt naturiol organig
3 llwy fwrdd o mayonnaise
50g/2 owns o syltanas
50g/2 owns o blu almwn (*flaked almonds*)
2 oren wedi'u plicio a'u rhannu'n ddarnau
2 lwy fwrdd o bersli
halen a phupur

Dull

- Rhowch y samwn wedi'i baratoi ar ddarn mawr o ffoil. Agorwch y pysgodyn a gosodwch y sleisiau lemwn ar hyd y tu mewn. Caewch y samwn ac arllwyswch y gwin, a sudd a chroen y lemwn arall, dros y pysgodyn.
- Gwnewch barsel tyn gyda'r ffoil gan lapio'r samwn yn drwyadl. Rhowch ef ar dun pobi a'i bobi ar 180C/350F/Nwy 4 am 15-20 munud. Gadewch iddo oeri yn y ffoil, yna rhowch e ar blât gweini gan ei rowlio drosodd. Ychwanegwch yr addurn.
- I wneud y reis: rhowch y reis mewn sosban, gorchuddiwch e â dŵr berw a choginiwch am 10-15 munud. Draeniwch a rhedwch o dan ddŵr oer i wahanu'r gronynnau.
- Ychwanegwch yr iogwrt, y mayonnaise, y syltanas, y plu almwn, y persli a'r sesnad (*seasoning*) at y reis. Rhowch y cyfan mewn dysgl weini ac addurnwch â darnau oren. Gweinwch gyda'r samwn.
- Nodyn: mae rhoi'r sleisiau lemwn yn y pysgodyn yn gwneud iddyn nhw fynd yn feddal – fel *mousse*, bron – sy'n trwytho'r samwn â blas hyfryd.

FFILED CIG OEN CYMREIG MEWN CRWST PWFF

Cynhwysion
450g/1 pwys o ffiled cig oen Cymreig
225g/8 owns o grwst pwff
1 wy
olew i ffrio

Y Stwffin
110g/4 owns o friwsion bara gwyn
25g/1 owns o fenyn
1 sialót wedi'i dorri'n fân
1 llwy fwrdd o fintys wedi'i falu
1 llwy fwrdd o bersli wedi'i falu
1 clof o arlleg wedi'i falu
halen a phupur

Y Saws
275ml/½ peint o sudd oren
2 lwy fwrdd o frandi
croen a darnau 1 oren
1 llwy fwrdd o *purée* tomato
1 llwy fwrdd o siwgr Demerara
halen a phupur

Dull

- Rhannwch y cig oen yn ddau ddarn.
- Torrwch boced yn y ddwy ffiled.
- I wneud y stwffin: ffriwch y sialót yn araf mewn ychydig o fenyn, ychwanegwch y briwsion bara, y perlysiau a'r sesnad (*seasoning*) a chymysgwch yn drwyadl, gan glymu'r stwffin gydag ychydig o'r wy.
- Rhowch y stwffin yn y pocedi cig oen a chlymwch â llinyn.
- Twymwch ychydig o olew mewn padell ffrio a ffriwch y ffiledi ar y ddwy ochr nes iddynt frownio. Mae hyn yn helpu i gadw blas y cig oen rhag gollwng i mewn i'r crwst. Gadewch iddyn nhw oeri a thynnwch y llinyn.
- Rholiwch y crwst allan i siâp hirsgwar a thorrwch yn stribedi hir tua 2.5cm/1" o led. Lapiwch nhw o gwmpas y ffiledi, gan orlapio pob stribed fel tasech chi'n gwneud cyrn hufen.
- Rhowch ar dun pobi a brwsiwch â gweddill yr wy. Pobwch ar 200C/400F/ Nwy 6 am tua 20 munud.
- I wneud y saws: rhowch yr holl gynhwysion mewn sosban, heblaw am y brandi a'r darnau a'r sudd oren. Dewch ag e i'r berw a mudferwch am 5 munud nes ei fod wedi lleihau ychydig a thewhau.
- Ychwanegwch y brandi a'r darnau a'r sudd oren ac ychwanegwch sesnad (*seasoning*) yn ôl eich dant.
- Gweinwch y cig oen ar blât cinio gydag ychydig o saws o'i amgylch.
- Nodyn: gallech chi rowlio'r crwst yn sgwâr a lapio'r cig fel parsel.

Colomen Frwysiedig (Braised Pigeon) (t. 57).

Rholiau Twrci Unigol (t. 61).

Pastai Cig Eidion a Llysiau gyda Thopin Tatws a Celeriac (t. 64).

Porc Padell gydag Eirin (Plwms) (t. 68).

Pâté *Cig Carw* (Venison) *a Saws Cumberland* (t. 77).

Ffiled Cig Oen Cymreig mewn Crwst Puff (t. 80).

Tartennau Meringue *Lemwn gyda Saws Siocled* (t. 90).

Pwdin Taffi Gludiog (t. 96).

CASEROL CIG EIDION A THWMPLENNI

Bwyd cysur ydy caserol. Mae cawl a lobsgóws wedi bod yn boblogaidd yng Nghymru ers cyn cof, yn enwedig pan fo arian yn brin. Dyma gaserol moethus iawn, sy'n berffaith ar gyfer cinio i ffrindiau. Mae'n well os gallwch ei baratoi ymlaen llaw, sy'n rhoi amser i chi ymlacio ac edrych ymlaen at y noson.

Cynhwysion

900g/2 bwys o stêc syrlwyn wedi'i dorri'n giwbiau bras
450g/1 pwys o winwns botwm
450g/1 pwys o foron bach
225g/8 owns o fadarch botwm
4 coes o seleri wedi'u torri'n fân
3 chlof o arlleg wedi'u malu
sudd a chroen 2 oren
425ml/¾ peint o win coch
sbrigyn o deim a saets
2 lwy fwrdd o olew olewydd
25g/1 owns o fenyn
50g/2 owns o flawd plaen
halen a phupur i flasu

Y Twmplenni

175g/6 owns o siwed mân (*shredded suet*)
175g/6 owns o flawd codi
1 llwy de o deim sych
1 llwy de o saets sych
ychydig o ddŵr i gymysgu
halen a phupur

Dull

- Taflwch y darnau cig yn y blawd. Toddwch y menyn a'r olew mewn padell ffrio fawr. Ffriwch y cig i'w selio. Rhowch y cig mewn dysgl caserol fawr.
- Coginiwch y llysiau glân yn gyfan yn y braster sydd ar ôl yn y badell. Ychwanegwch y garlleg, y perlysiau a chroen a sudd yr oren a choginiwch am tua 5 munud.
- Ychwanegwch y llysiau at y caserol a chymysgwch yn drwyadl.
- Ychwanegwch halen a phupur yn ôl eich dant, ychwanegwch y gwin a choginiwch ar 180C/350F/Nwy 4 am tua awr.
- I wneud y twmplenni: cymysgwch y cynhwysion sych i gyd.
- Ychwanegwch ychydig o ddŵr i glymu'r gymysgedd sych. Rhannwch yn 12 twmplen fach, rhowch nhw yn y caserol poeth a choginiwch am 20 munud arall.
- I weini: addurnwch â digonedd o bersli.

SBWNG HAWDD A CHYFLYM

Mae achlysuron arbennig yn aml yn rhai munud olaf, pan all teisen fel hyn fod yn berffaith. Mae llawer o bobl yn dweud wrtha i fod ofn gwneud sbwng arnyn nhw am eu bod yn meddwl y bydd y gymysgedd yn gwahanu. Dyma ffordd hawdd i osgoi problemau!

Cynhwysion
225g/8 owns o fenyn Cymreig meddal
225g/8 owns o siwgr caster
4 wy canolig
225g/8 owns o flawd codi
1 llwy de o bowdr pobi
1 llwy de o rinflas (*essence*) fanila

Y Llenwad
110g/4 owns o gaws hufen Cymreig
150ml/¼ peint o hufen dwbl wedi'i chwipio
1 oren wedi'i rannu'n ddarnau
2 granadila (*passion fruit*)

Dull

- Irwch a leiniwch waelod dau dun sbwng 20cm/8".
- Rhowch y blawd, y powdr pobi, y menyn, y siwgr, yr wyau a'r rhinflas fanila mewn basn cymysgu mawr.
- Gyda chwisg drydan, curwch y cynhwysion yn araf nes bod y cyfan wedi cymysgu'n dda a'i fod yn syrthio wrth ei godi ar y chwisg.
- Rhannwch y gymysgedd yn gyfartal rhwng y ddau dun a llyfnu'r wyneb.
- Coginiwch ar 180C/350F/Nwy 4 am 20-25 munud.
- Gadewch iddyn nhw oeri ar rac gwifren yna tynnwch y papur.
- I wneud y llenwad: cymysgwch y caws hufen, yr hufen a chroen yr oren.
- Taenwch y llenwad ar un sbwng. Rhowch y darnau oren a chnawd y granadila ar ben y gymysgedd.
- Rhowch y sbwng arall ar ei ben a sgeintiwch â siwgr eisin.

TEISENNAU'R GROGLITH

Mae Gwener y Groglith bob amser yn f'atgoffa i o Mam. Roedd hi'n paratoi'r teisennau ar y Dydd Iau yn barod am y diwrnod mawr. Roedd arogl y burum a'r pobi'n rhoi blas ar yr aer. Pam na thriwch chi'r rysáit hon a rhoi blas i berthynas neu gymydog oedrannus?

Cynhwysion

450g/1 pwys o flawd plaen cryf
50g/2 owns o fenyn wedi'i doddi
50g/2 owns o siwgr caster
150ml/¼ peint o laeth twym
1 llwy de o sbeis cymysg
50g/2 owns o gwrens neu syltanas
1 llwy fwrdd o farmalêd
pinsiad o halen
2 wy
25g/1 owns o furum ffres neu 2 *sachet* o furum sych *easy-blend*

Y Sglein

2 lwy fwrdd o siwgr caster
4 llwy fwrdd o ddŵr

Dull

- Rhowch y blawd mewn basn mawr. Ychwanegwch y siwgr, y sbeis, y syltanas a'r burum sych a chymysgwch yn drwyadl. Os ydych yn defnyddio burum ffres, cymysgwch e gydag 1 llwy de o siwgr caster ac 1 llwy de o hufen a'i adael nes y bydd yn troi'n hylif. Rhowch yn y gymysgedd gyda'r llaeth.
- Gwnewch bant yn y gymysgedd ac arllwyswch y menyn wedi'i doddi, y llaeth twym, y marmalêd a'r wyau wedi'u curo i mewn i'r pant. Gan ddefnyddio ychydig mwy o flawd, tylinwch y toes am 2-3 munud nes ei fod yn llyfn.
- Gadewch y toes dros nos i godi.
- Y diwrnod canlynol, rhannwch y toes yn 12 darn a thylinwch bob un, gan wneud croes ar eu pennau â chyllell.
- Rhowch nhw ar dun wedi'i iro, gorchuddiwch â lliain neu rhowch y tun mewn bag plastig, a gadewch iddynt godi mewn man twym nes bod y byniau wedi dyblu yn eu maint. Dylai awr fod yn ddigon.
- Coginiwch ar 200C/400F/Nwy 6 am 15-20 munud.
- I wneud y sglein: rhowch y siwgr a'r dŵr mewn sosban a berwch am 2-3 munud. Brwsiwch dros y byniau tra mae'r sglein yn boeth.

BRIWDDA (*MINCEMEAT*)

Dyma rysáit syml a blasus os ydych am ei roi'n anrheg neu i wneud y deisen ar y dudalen nesaf. Pam na wnewch chi gyflenwad er mwyn ei gadw rhag ofn?

Cynhwysion
450g/1 pwys o syltanas
450g/1 pwys o resins bach
450g/1 pwys o gwrens
225g/8 owns o geirios *glacé* wedi'u torri'n fân
225g/8 owns o fricyll (*apricots*) parod-i-fwyta wedi'u torri'n fân
croen a sudd 1 oren
croen a sudd 1 lemwn
350g/12 owns o fenyn
350g/12 owns o siwgr brown tywyll meddal
1 llwy de o sinamon
1 llwy de o sbeis cymysg
425ml/¾ peint o *liqueur* cnau Cwm Deri neu 425ml/¾ peint o frandi

Dull

- Rhowch y menyn a'r siwgr mewn sosban drom a thoddwch yn araf dros wres isel.
- Mewn basn mawr, cymysgwch y ffrwythau sych, croen a sudd y lemwn a'r oren, a'r sbeisys.
- Ychwanegwch y siwgr a'r menyn wedi'i doddi a chymysgwch yn drwyadl.
- Ychwanegwch y *liqueur* a throwch yn dda. Peidiwch â phoeni os bydd y gymysgedd yn ymddangos yn rhy wlyb. Gorchuddiwch ef a'i adael tan y bore a bydd yr hylif i gyd wedi cael ei amsugno – hud a lledrith!
- Rhowch y briwdda mewn jariau glân wedi'u sterileiddio, caewch nhw a'u labelu. Storiwch y jariau mewn lle glân, oer a defnyddiwch y briwdda mewn mins peis neu ar gyfer cacen Nadolig gyflym.

TEISEN BRIWDDA

Cynhwysion

900g/2 bwys o friwdda ffrwythau
225g/8 owns o fenyn meddal
225g/8 owns o siwgr brown meddal
4 wy
175g/6 owns o flawd plaen
175g/6 owns o flawd codi
50g/2 owns o bowdr almwn (*ground almonds*)
1 llwy fwrdd o driog du
1 llwy de o sbeis cymysg

Dull

- Curwch y siwgr a'r menyn nes ei fod yn cwympo oddi ar y llwy.
- Curwch yr wyau i mewn yn gyfan, un ar y tro.
- Trowch y blawd, y powdr almwn a'r sbeis i mewn.
- Toddwch y triog yn araf, a throwch e i mewn i'r gymysgedd.
- Ychwanegwch y briwdda ffrwythau, gan gymysgu'n drwyadl.
- Rhannwch y gymysgedd rhwng dau dun teisen 18cm/7" neu un tun 23cm/9" wedi'i iro a'i leinio. Llyfnwch yr wyneb.
- Coginiwch ar 150C/300F/Nwy 2 am 1½ awr. Os ydych yn defnyddio un tun mawr, coginiwch am 2½-3 awr.
- Rhowch blu almwn ar ei phen i wneud teisen Dundee, neu gadewch yn blaen ar gyfer eisin.

MELYSION

Mae llawer o bobl â dant melys yn honni nad yw pryd yn gyflawn oni bai fod pwdin yn ei ddilyn! Dylai fod digon o amrywiaeth yn y bennod hon i'w plesio nhw – ryseitiau Cymreig traddodiadol, ambell deisen a digon o syniadau newydd. Mewn gair – nefoedd siwgr!

BARA BRITH SYLTANAS A CHNAU FFRENGIG (*WALNUTS*)

Dyma i chi amrywiad ar thema'r deisen boblogaidd honno, bara brith. Mae'n gyfarwydd i ni'r Cymry ers blynyddoedd maith, ac mae ryseitiau teuluol yn eu miloedd i brofi hynny. Mae rhai ryseitiau'n defnyddio burum ac eraill yn mwydo'r ffrwythau mewn te oer cyn coginio. Mae hon yn werth ei thrio os am wneud torth wahanol.

Cynhwysion
175g/6 owns o fenyn
175g/6 owns o siwgr Demerara
2 wy
450g/1 pwys o flawd codi
1 llwy de o sbeis cymysg
50g/2 owns o gnau Ffrengig
175g/6 owns o syltanas
150ml/¼ peint o sudd afal
1 llwy fwrdd o driog du
pinsiad o halen

Dull

- Rhowch y sudd afal mewn sosban fawr ac ychwanegwch y menyn, y siwgr a'r triog. Twymwch nes bod y siwgr a'r menyn wedi toddi a mudferwch am 2-3 munud.
- Gadewch iddo oeri, yna curwch yr wyau i mewn ac ychwanegwch y blawd, y sbeis a'r cnau.
- Irwch a leiniwch ddau dun torth a rhannwch y gymysgedd rhyngddynt. Defnyddiwch *spatula* i lyfnu'r wyneb, yna sgeintiwch siwgr Demerara drosto. Mae hwn yn rhoi crensh i'r topin.
- Pobwch ar 150C/300F/Nwy 2 am tua 1½ awr. Dylai'r torthau fod yn gadarn i'w cyffwrdd. Gadewch iddynt oeri yn y tun cyn eu troi allan.
- I weini: torrwch yn sleisiau a thaenu menyn arnynt os dymunwch.
- Nodyn: gallwch ddefnyddio te oer neu sudd oren yn lle'r sudd afal.

TARTEN AFAL A RHESINS

Rydyn ni'n ffodus iawn erbyn hyn ein bod yn gallu prynu amrywiaeth eang o afalau trwy gydol y flwyddyn, ac mae gwahanol fathau'n benthyg eu hunain i wahanol ddefnyddiau. Maen nhw'n dda i ni ac yn flasus, a dyma un o fy hoff ffyrdd i o'u paratoi.

Cynhwysion
350g/12 owns o flawd plaen cryf
175g/6 owns o fenyn
175g/6 owns o siwgr caster
3 melyn wy

Y Llenwad
4-6 afal *Golden Delicious*
50g/2 owns o siwgr Demerara
50g/2 owns o fenyn
6 clof
110g/4 owns o resins bach
1 lemwn

Dull
- Hufennwch y menyn a'r siwgr, yna curwch y melyn wyau i mewn.
- Ychwanegwch y blawd a chymysgwch yn dda. Tylinwch yn ysgafn i ffurfio toes a gadewch iddo sefyll am ¼ awr.
- I wneud y llenwad: toddwch y menyn mewn sosban fawr neu badell ffrio ac ychwanegwch y siwgr.
- Pliciwch yr afalau, tynnu'r canol a'u torri'n chwarteri. Taflwch nhw'n ofalus yn y menyn a'r siwgr a choginiwch am 5 munud. Ychwanegwch y rhesins, y clofs a chroen a sudd y lemwn.
- I wneud tarten henffasiwn: defnyddiwch blât addas i'r ffwrn, tua 25.5cm/10" ar draws. Defnyddiwch hanner y crwst i leinio'r plât. Rhowch y gymysgedd afal ar ei ben, yna rholiwch y crwst sy'n weddill a'i osod ar ben y cyfan.
- Gwasgwch yr ymylon i'w selio a defnyddiwch gledrau'ch dwylo i gael gwared ar unrhyw grwst gormodol. Brwsiwch â dŵr a sgeintiwch siwgr caster drosto i roi crensh i'r crwst.
- Pobwch ar 180C/350F/Nwy 4 am 20-30 munud.
- Gweinwch gyda iogwrt organig neu hufen.
- Nodyn: mae defnyddio cledrau'ch dwylo i dorri'r crwst yn ei arbed rhag pannu, fel sy'n gallu digwydd wrth ddefnyddio cyllell.

TARTENNAU *MERINGUE* LEMWN GYDA SAWS SIOCLED

Cynhwysion

Crwst Melys
275g/10 owns o flawd plaen
175g/6 owns o fenyn
50g/2 owns o siwgr caster
2 felyn wy
(tua) 4 llwy fwrdd o ddŵr oer

Saws Siocled
275ml/½ peint o hufen dwbl
225g/8 owns o siocled o ansawdd da

Y Llenwad
150ml/¼ peint o ddŵr
50g/2 owns o fenyn
sudd a chroen 2 lemwn
1 llwy fwrdd wastad o flawd India corn (*cornflour*)
50g/2 owns o siwgr caster
2 felyn wy

Y Meringue
2 wyn wy
110g/4 owns o siwgr caster

Dull

- I wneud y crwst: hufennwch y menyn a'r siwgr yna curwch y melyn wyau i mewn. Trowch y blawd i mewn, ychwanegwch ychydig o ddŵr a chymysgwch yn dda nes bod y crwst yn llyfn heb fod yn ludiog. Gadewch iddo oeri am ¼ awr cyn ei rowlio.
- Rholiwch y crwst i 5mm/¼" o drwch a thorrwch i faint eich tun pobi (tun teisennau jam sydd orau). Leiniwch y tartennau gyda phapur gwrthsaim neu beli ffoil a choginiwch ar 180C/350F/Nwy 4 am 10 munud. Tynnwch y ffoil a choginiwch am 3-4 munud eto. Gadewch iddynt oeri cyn eu tynnu o'r tun.
- I wneud y llenwad: rhowch y dŵr, y menyn, y siwgr a chroen a sudd y lemonau mewn sosban; dewch â nhw i'r berw a chymysgwch flawd India corn â dŵr i'w dewhau. Curwch y melyn wyau i mewn a choginiwch am 2-3 munud. Rhannwch y llenwad rhwng y 6 darten fach.
- I wneud y *meringue*: chwisgiwch y ddau wyn wy nes eu bod yn gadarn, yna ychwanegwch y siwgr yn raddol a churwch nes ei fod yn sgleiniog.
- Rhowch *meringue* ar ben pob tarten fach a choginiwch yn y ffwrn ar 180C/350F/Nwy 4 am 5 munud, neu rhowch nhw o dan y gril i frownio.
- I wneud y saws: dewch â'r hufen a'r siocled i'r berw'n araf, gan droi ar hyd yr adeg nes bod y siocled wedi toddi.
- Gweinwch un darten fach i bob person, arllwyswch y saws o'u cwmpas ac addurnwch gyda ffan mefus. Sgeintiwch â siwgr eisin neu bowdr coco.

PWDIN MAFON AC ALMWN

Mae hwn yn bwdin gwych ar gyfer coeliacs, *pobl sydd ag alergedd i glwten ac sy'n methu bwyta blawd, rhyg, barlys, ceirch nac unrhyw fwyd sy'n eu cynnwys. Powdr almwn yw sail y pwdin hwn, sy'n hynod flasus.*

Cynhwysion
110g/4 owns o bowdr almwn (*ground almonds*)
50g/2 owns o fenyn
50g/2 owns o siwgr caster
4 llwy fwrdd o jam mafon (jam cartref sydd orau)
ychydig ddiferion o rinflas (*essence*) almwn
2 wy

Dull

- Irwch bedair dysgl *ramekin* â menyn.
- Rhowch lond llwy fwrdd o jam ym mhob un.
- Hufennwch y menyn a'r siwgr nes eu bod yn ysgafn, yna curwch y melyn wyau a'r rhinflas almwn i mewn. Ychwanegwch y powdr almwn a chymysgwch yn dda.
- Chwisgiwch y ddau wyn wy nes eu bod yn gadarn, yna plygwch nhw i mewn i'r gymysgedd. Rhannwch y gymysgedd rhwng y pedair dysgl a gorchuddiwch pob un â ffoil wedi'i iro â menyn.
- Rhowch y dysglau mewn sosban a rhowch ddŵr berw i mewn at lefel hanner ffordd i fyny'r dysglau. Gorchuddiwch a mudferwch am 30-35 munud.
- I weini: tynnwch y ffoil a throwch y pwdinau wyneb i waered ar blât gweini.
- Gweinwch gyda iogwrt naturiol neu *crème fraîche.*
- Nodyn: gallwch ddefnyddio unrhyw jam cartref i wneud y pwdin hwn.

PWDIN SIOCLED A BRICYLL (*APRICOTS*)

Mae hwn yn bwdin arbennig o dda ar gyfer y gaeaf. Gallech chi ei drio ddydd Nadolig os am wneud rhywbeth gwahanol, a'i weini gyda saws siocled neu crème fraîche. *Y peth pwysicaf ydy sicrhau fod y siocled o ansawdd da – rhaid iddo gynnwys lleiafswm o 70% o goco solid.*

Cynhwysion

Y Pwdin

110g/4 owns o fenyn Cymreig meddal
110g/4 owns o siwgr brown
  tywyll meddal
2 wy canolig
1 llwy fwrdd o jam bricyll
110g/4 owns o flawd codi
50g/2 owns o bowdr almwn
110g/4 owns o siocled da
  (llaeth neu dywyll)
2 lwy fwrdd o frandi

Y Saws

200g/7 owns o siocled tywyll
275ml/½ peint o hufen dwbl

Dull

- Torrwch y siocled yn ddarnau, rhowch nhw mewn basn gyda'r brandi a rhowch y basn ar ben sosbenaid o ddŵr berw i doddi'r siocled. Peidiwch â'i or-dwymo – bydd yn difetha.
- Hufennwch y menyn a'r siwgr a churwch yr wyau i mewn yn raddol. Cymysgwch gyda'r brandi, y jam a'r siocled wedi'i doddi. Plygwch y blawd a'r powdr almwn i mewn.
- Rhannwch y gymysgedd rhwng pedair dysgl bwdin bach (mae rhai *ramekin* yn ddelfrydol) neu ddysgl *gratin* 20cm x 15cm/8" x 6".
- Coginiwch ar 180C/350F/Nwy 4 am tua ½ awr.
- I wneud y saws: twymwch y cynhwysion yn raddol nes bod y siocled wedi toddi.
- Gweinwch y pwdin yn boeth gyda'r saws siocled twym.

TEISEN IOGWRT ORGANIG

Mae'r rysáit hon yn arbennig ar gyfer pobl nad ydynt yn arbenigo mewn gwneud teisennau. Buaswn i'n awgrymu i chi wneud y deisen syml, flasus hon a rhoi syrpreis i'ch ffrindiau!

Cynhwysion

350g/12 owns o flawd codi
225g/8 owns o siwgr caster
150ml/¼ peint o iogwrt naturiol organig
150ml/¼ peint o olew olewydd ysgafn
1 llwy de o rinflas (*essence*) fanila
3 wy mawr
110g/4 owns o bowdr almwn (*ground almonds*)

Dull

- Rhowch y blawd, y siwgr a'r powdr almwn mewn basn.
- Ychwanegwch yr iogwrt ac arllwyswch yr olew i mewn.
- Curwch yr wyau'n ysgafn ac ychwanegwch y rhinflas fanila.
- Defnyddiwch lwy bren i gymysgu'r cynhwysion yn drwyadl a churwch am 2-3 munud.
- Arllwyswch i mewn i dun teisen 20cm/8" neu dun torth 900g/2 bwys wedi'i iro a'i leinio.
- Coginiwch ar 170C/325F/Nwy 3 am awr.
- Gallech chi sgeintio plu almwn neu geirios *glacé* ar ben y deisen i'w haddurno, neu falle croen lemwn wedi'i ratio.

TEISEN FRAU (*SHORTBREAD*) DDI-LWTEN LEMWN A MENYN

Mae blas arbennig ar y bisgedi yma hyd yn oed os nad ydych yn coeliac! *Gwnewch frechdan ohonynt gyda hufen a mefus – hyfryd!*

Cynhwysion
175g/6 owns o fenyn
75g/3 owns o siwgr caster
croen 1 lemwn
175g/6 owns o flawd reis neu bowdr reis
75g/3 owns o bowdr almwn

Dull

- Hufennwch y menyn a'r siwgr nes eu bod yn olau ac yn ysgafn. Ychwanegwch groen y lemwn.
- Cymysgwch y blawd reis a'r powdr almwn i mewn a thylinwch yn ysgafn i wneud toes llyfn.
- Rholiwch y toes allan i 5mm/¼" o drwch ar arwyneb glân wedi'i sgeintio â blawd reis. Gan ddefnyddio torrwr plaen crwn 4cm/1½", gwnewch tua 35 bisgeden.
- Oerwch nhw yn yr oergell am ½ awr cyn eu coginio. Pobwch ar 170C/325F/Nwy 3 am 10-15 munud nes eu bod yn lliw aur golau ac yn teimlo'n gadarn wrth gael eu cyffwrdd.
- Gadewch nhw ar y tun pobi i oeri. Cyn eu gweini, sgeintiwch â siwgr caster.

TREIFFL HAWDD A CHYFLYM

Weithiau dydy amser ddim yn caniatáu i chi wneud paratoadau cymhleth, felly pan fo angen twyllo, dyma sut i'w wneud e . . .!

Cynhwysion
1 *Swiss roll* jam
275ml/½ peint o gwstard parod
570ml/1 peint o hufen dwbl
4 llwy fwrdd o frandi
1 tun 400g/14 owns o ffrwyth o'ch dewis
1 *flake* siocled

Dull

- Torrwch y *Swiss roll* yn sleisiau a gosodwch mewn powlen wydr neu ddysglau unigol.
- Arllwyswch y brandi drosti ac ychwanegwch y ffrwyth.
- Chwisgiwch yr hufen nes ei fod yn drwchus, yna cymysgwch gyda'r cwstard. Rhowch hwn dros y ffrwyth. Addurnwch â'r *flake* wedi'i falu.

PWDIN TAFFI GLUDIOG

Mae gan bawb ei hoff bwdin, yn enwedig plant, ac mae fy wyrion i'n gwybod beth maen nhw'n ei hoffi! Pan mae'r tywydd yn oer yma yng Nghymru (yn amlach nag y bydden ni'n ei hoffi!), mae pwdin poeth yn nefolaidd! Pam na thriwch chi'r rysáit syml hon?

Cynhwysion

Y Pwdin
110g/4 owns o fenyn
110g/4 owns o siwgr caster
2 wy
75g/3 owns o flawd codi
25g/1 owns o bowdr almwn (*ground almonds*)

Y Saws
2 lwy fwrdd o driog melyn
1 llwy fwrdd o driog du
25g/1 owns o fenyn

Dull

- I wneud y saws: rhowch y cynhwysion i gyd mewn sosban a thwymwch yn araf nes i'r menyn doddi, gan ei droi drwy'r amser.
- Irwch bedair dysgl bwdin bach maint 150ml/¼ peint neu bedair dysgl *ramekin* 7.5cm/3" a rhannwch y saws yn gyfartal rhyngddynt.
- Hufennwch y menyn a'r siwgr nes eu bod yn ysgafn. Curwch yr wyau i mewn a phlygwch y blawd a'r powdr almwn i'r gymysgedd.
- Rhowch y gymysgedd yn y dysglau, ar ben y saws. Rhowch y dysglau ar dun pobi a'u coginio ar 180C/350F/Nwy 4 am 20 munud nes eu bod wedi codi ac yn lliw euraid.
- Tynnwch nhw allan o'r ffwrn a'u gadael i orffwys am 5 munud. Trowch wyneb i waered ar ddysgl bwdin a gweinwch gyda chwstard, hufen neu iogwrt.
- Nodyn: i wneud amrywiad ar y pwdin hwn, gallech chi ychwanegu cnau wedi'u malu; 1 llwy fwrdd o geuled (*curd*) lemwn; 1 llwy fwrdd o bowdr coco; 1 llwy fwrdd o goffi neu 25g/1 owns o ddatys neu syltanas.